今晚有貓伴身邊

2

YORU HA NEKO TO ISSHO

咕嚕Z

KYURYU Z

CONTENTS

搖來
搖去

登場人物與貓

現在喊牠的名字，
牠應該會回頭看看我吧？

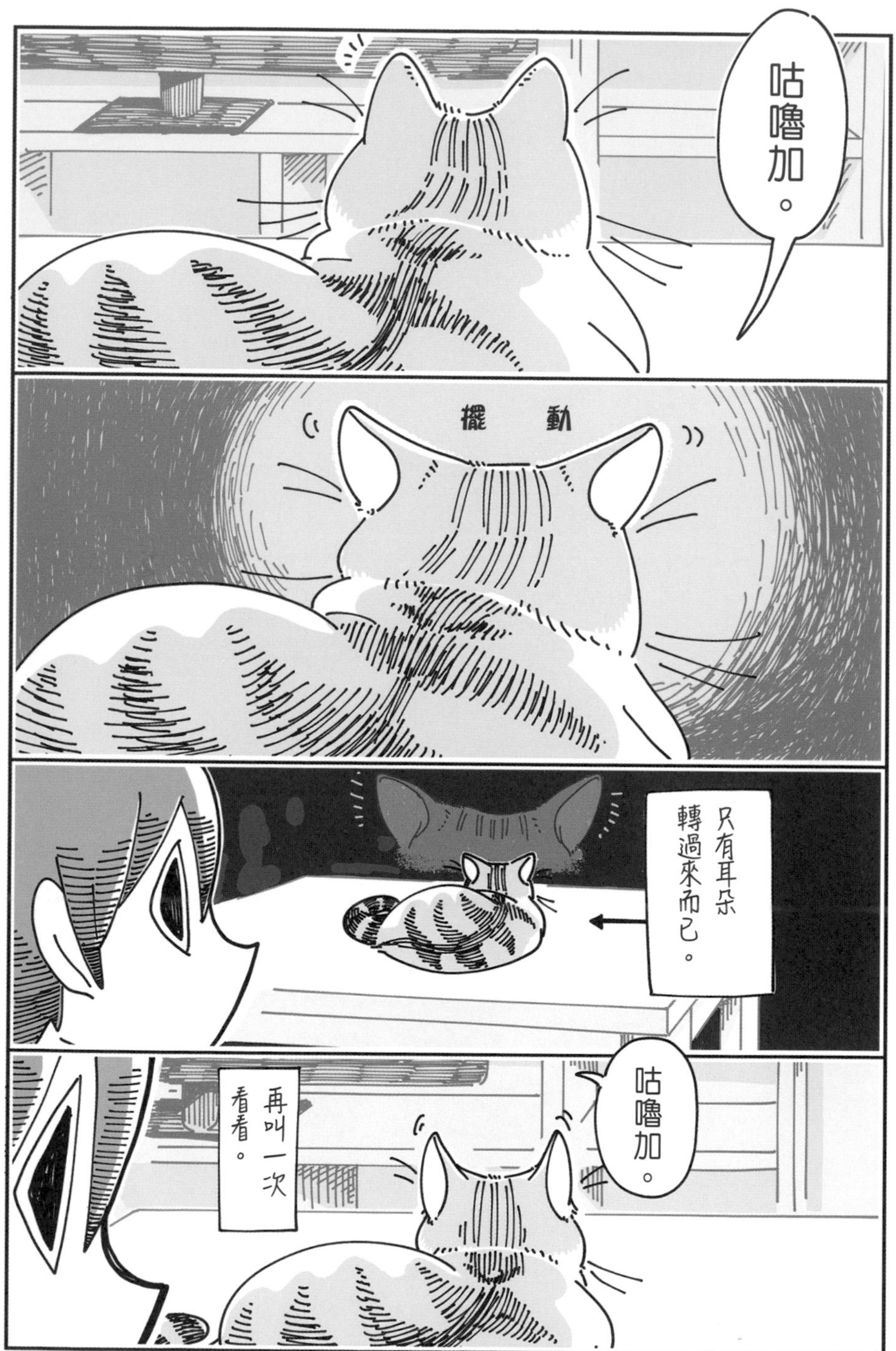
咕嚕加。
擺動
只有耳朵轉過來而已。
咕嚕加。
再叫一次看看。

以極緩慢的速度，
很不情願地轉過頭來看我了。

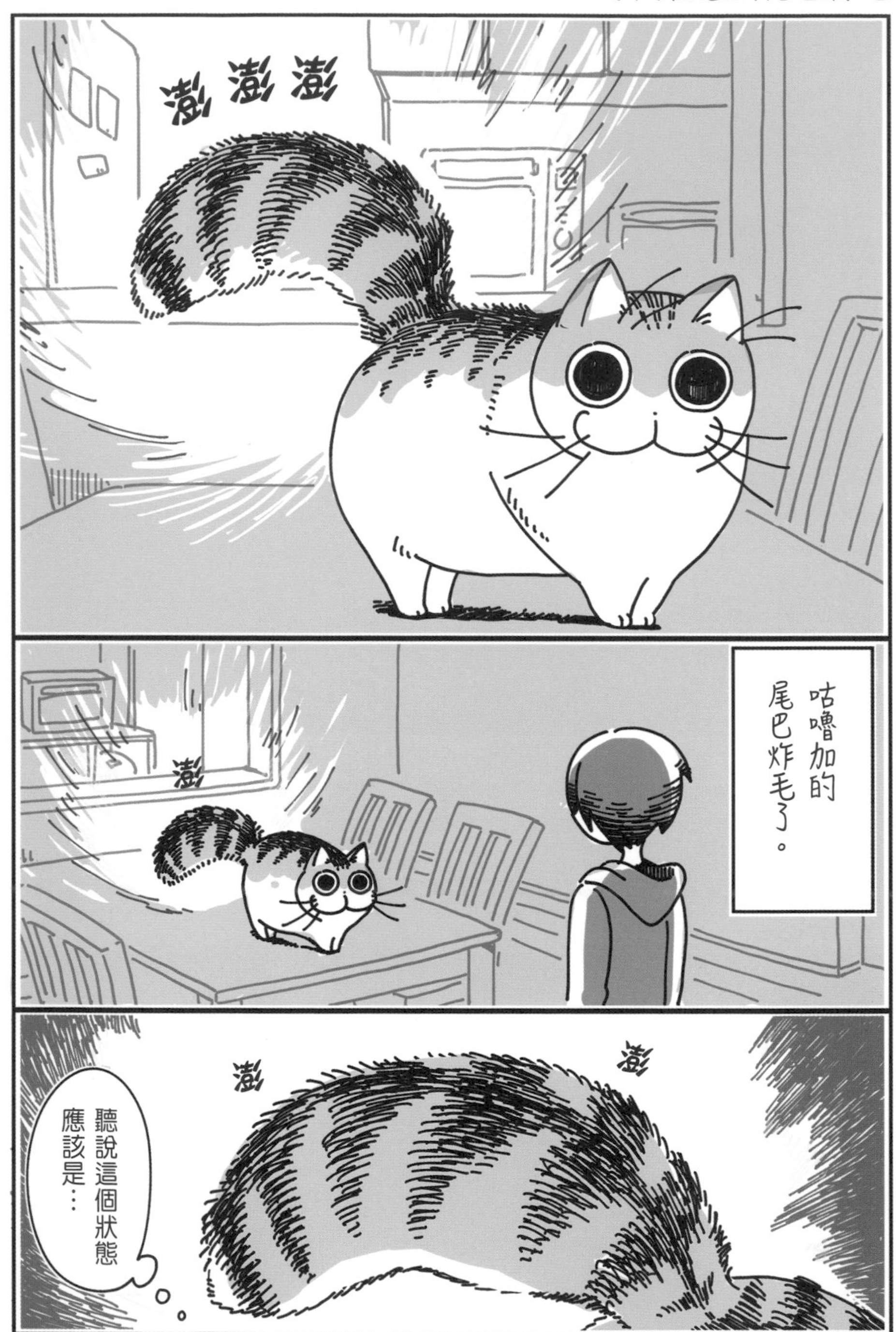
澎澎澎
澎
咕嚕加的
尾巴炸毛了。
澎
澎
聽說這個狀態
應該是…

可是好像又沒有
在生氣…
搜尋中…
貓尾巴炸毛
搜尋
尾巴炸毛代表的是
·受驚嚇
·威嚇中
是這樣啊…
貓咪
知識家

從尾巴就能觀察☆貓現在的心情

當貓想表現威嚇、驚嚇等情緒的時候…
會透過讓尾巴炸毛，讓體型看起來更大。

與其說是生氣，
可能比較像是受到驚嚇吧。

剛才…
東西掉到地上發出了很大的聲響。
啪噠

儘管是這樣
牠的尾巴…
澎
澎
磨蹭…
嚕嚕嚕呼嚕嚕嚕嚕嚕嚕嚕嚕嚕呼
好像狐狸
一樣喔。
澎
澎
有夠想摸摸看的
嗚
威嚇模式的
尾巴
偷偷…
摸一下
雖然對牠很抱歉不
過真的很可愛耶。

你看，這是怎麼一回事……
字幕
觀賞電影中
咚咚
咚咚
咚咚

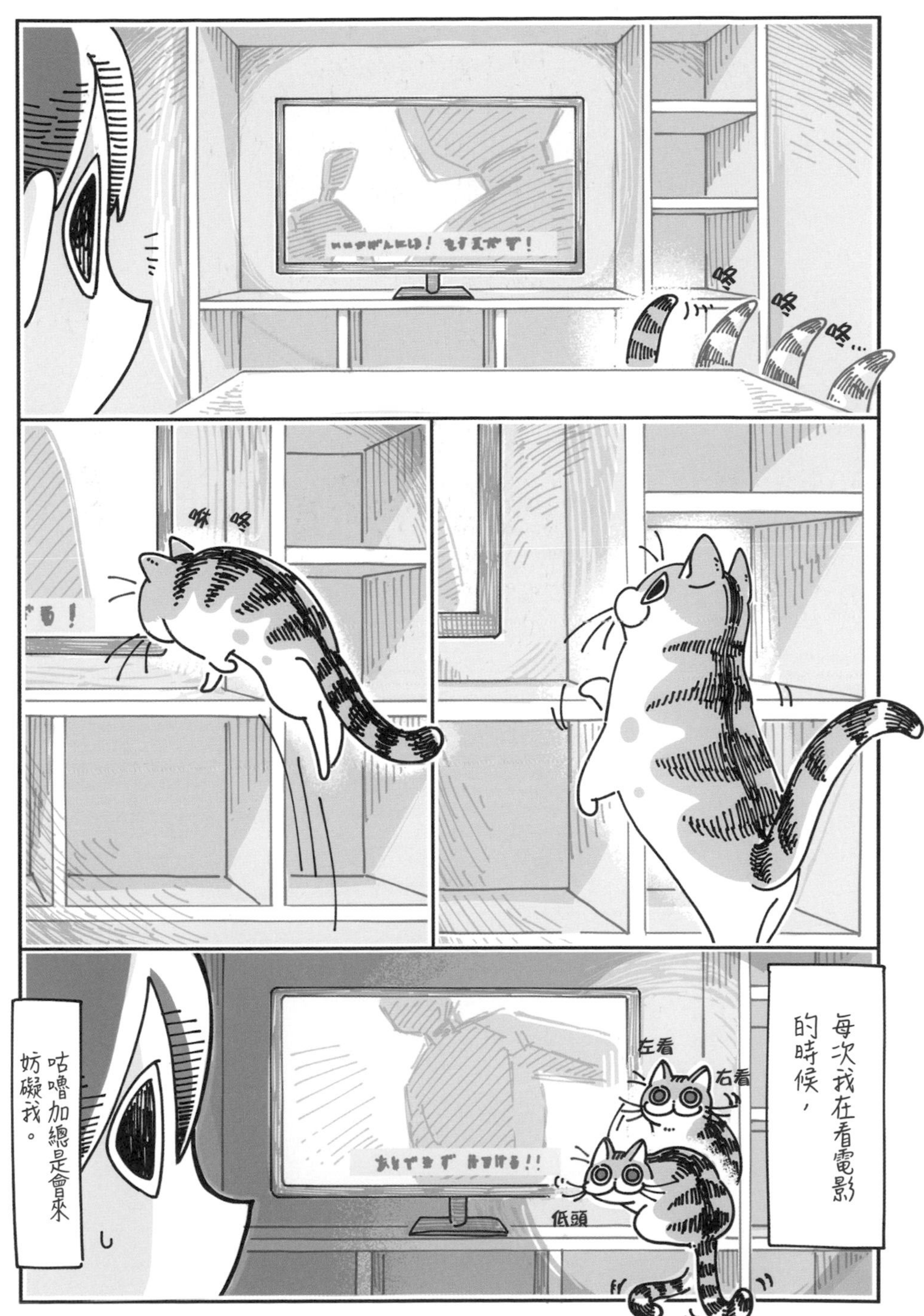

咚
咚
咚
咚…
咻
咚
每次我在看電影的時候，
左看
右看
低頭
咕嚕加總是會來妨礙我。

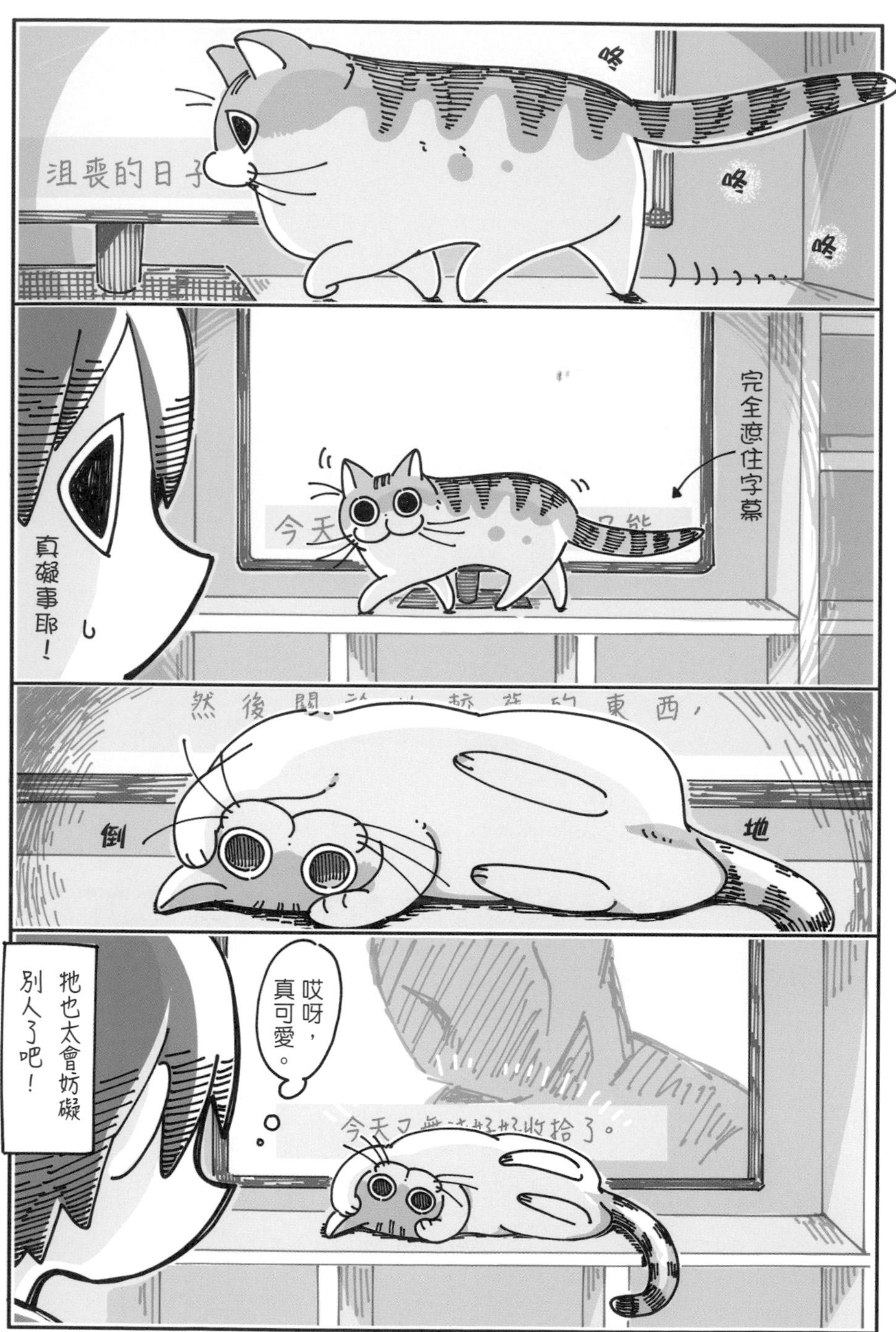

咚
咚
咚
沮喪的日子
完全遮住字幕
今天
真礙事耶！
倒地
哎呀，真可愛。
牠也太會妨礙別人了吧！

咕嚕加跑來要坐到我腿上。
扭動
唰
唰
坐下去
真難得耶。
磨來磨去

會不會就這樣
睡著呢～
摸
摸
摸
摸
摸
摸
摸
摸
呼嚕嚕嚕嚕嚕嚕
輕拍
輕拍
好像睡著了。

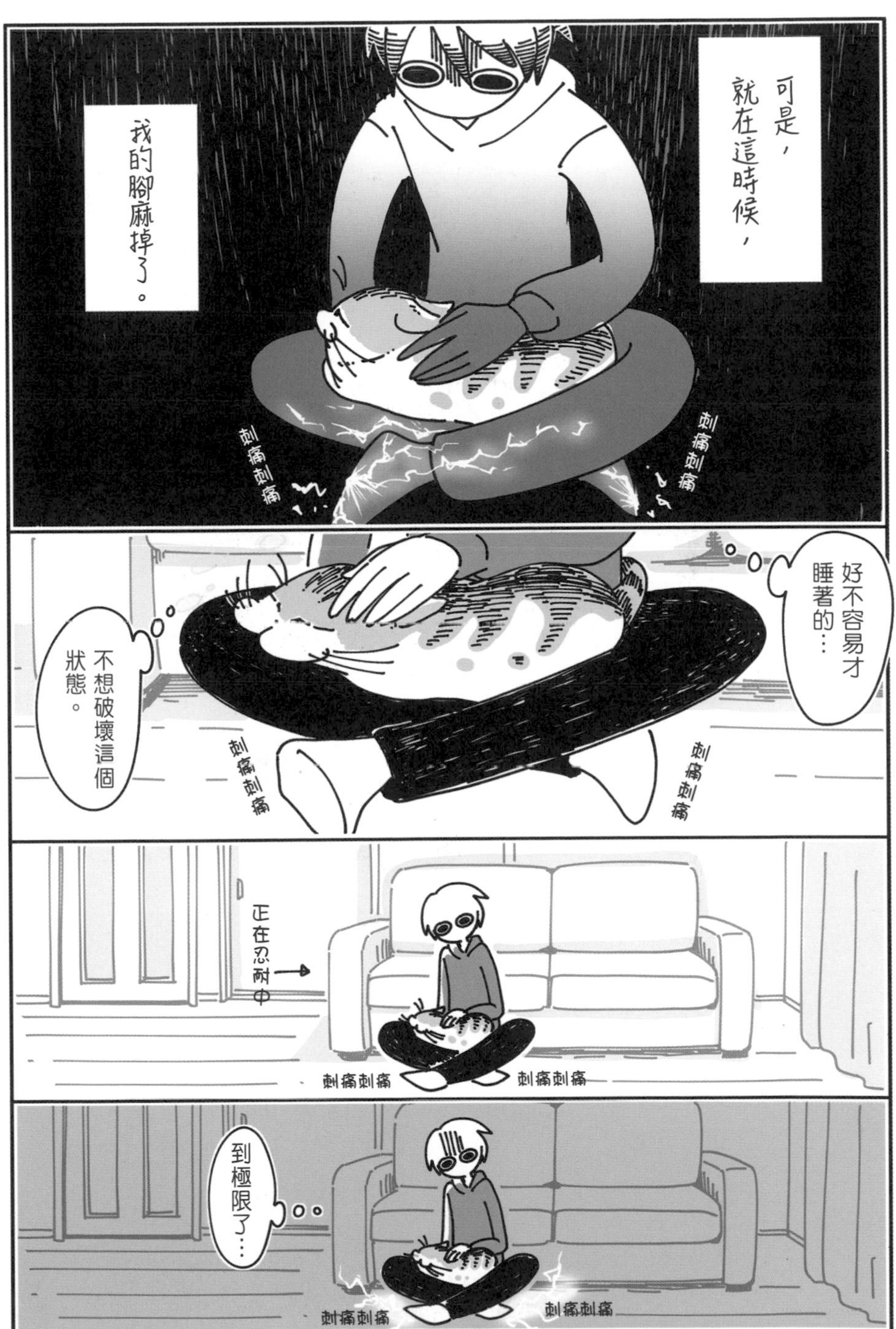
可是，就在這時候，
我的腳麻掉了。
刺痛刺痛
刺痛刺痛
好不容易才睡著的⋯
不想破壞這個狀態。
刺痛刺痛
刺痛刺痛
正在忍耐中
刺痛刺痛
刺痛刺痛
到極限了⋯
刺痛刺痛
刺痛刺痛

抽開……
伸～直…
吼吼吼吼
吼吼吼吼
把腳挪開好像讓牠很生氣。
站起來……
※伸展
當我的腳麻掉的時候，咕嚕加也隨之而去。
咚咚咚
咚咚咚咚…
真是抱歉啊！

咚咚咚咚咚咚咚咚咚咚……
逼近……
逼近……
逼近……
逼近……
十分
逼近……

好重喔～
摸摸…
嗚
摸摸
摸摸
嗚嚕嚕嚕嚕嚕嚕…
飄散…
毛
飄散
換毛期
毛在飄？

所謂的換毛期是，
貓重新長毛的時期，
會掉非常多毛。
該好好梳毛了…
逃脫
飄散…
又在飄！
處於換毛期的貓，
只要有些許動作，
貓毛就會漫天飛舞。
要來梳毛囉～
躺下…

這個時期掉毛
的情況真的很
嚴重。
毛
一堆毛…
被梳毛的
地方感覺
很舒服。
一堆毛
……
堆積如山的毛
不過這些堆積如山的毛，
要是揉成球的話，
其實會變得非常小。
好像又堆
出了另一隻
咕嚕加。
嚕嚕嚕

呼嚕嚕嚕嚕嚕
呼嚕嚕嚕嚕嚕嚕嚕
嚕嚕嚕嚕嚕
摸摸時間
摸摸
摸摸
呼嚕嚕嚕
呼嚕
扣住…
呼嚕嚕嚕嚕嚕

咬下
被咬了！
難道是我摸摸的方式錯了嗎？
輕咬⋯⋯
唰
唰
唰
唰
很快就停下來

嚕嚕…
又到了摸摸時間
嚕嚕嚕嚕
呼嚕嚕嚕
嚕嚕嚕
咬下
牠是不想被我摸嗎？
是有不高興嗎？
啊姆
啊姆
我總是搞不懂自己為什麼會被咬。

咚
咚
咚…
咚
咚
按下
咚
按下
按下
最近牠好像很喜歡
待在鍵盤上面。
一大坨…
咘…咘…咘咘咘…咘
聽起來像
打字聲

咕嚕加。
不好意思，該讓開囉，我要用電腦了。
拍拍
撐起身體…
伸…
伸…
……
走來
走去
看起來好像要讓開了，但其實根本沒有。

只能用手把牠挪開。
REFGV45877744_
這是咕嚕加打的字啊。
REFGV45877744_
牠是這麼打的嗎？
想想就覺得很療癒。

啪嚓
啪
大驚
咕嚕加經常從暗處現身。
驚嚇
驚嚇
嚇到我了。
顯眼

唰
大驚
牠也常待在窗簾後面，
真是快嚇死我了。
驚嚇
驚嚇
嚕～呼⋯⋯

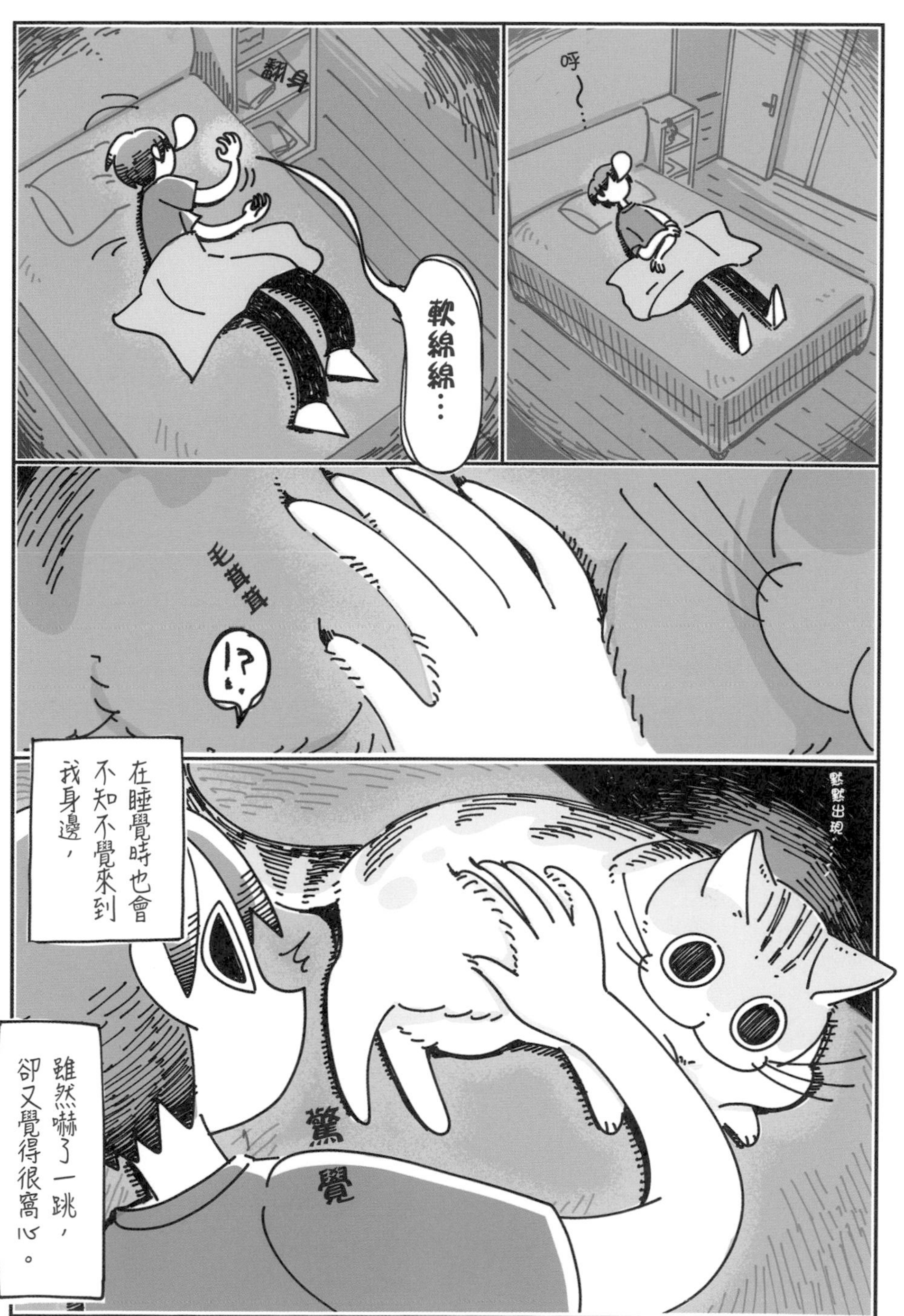
翻身
軟綿綿⋯⋯
呼～⋯⋯
毛茸茸
!?
在睡覺時也會不知不覺來到我身邊，
默默出現⋯⋯
驚覺
雖然嚇了一跳，卻又覺得很窩心。

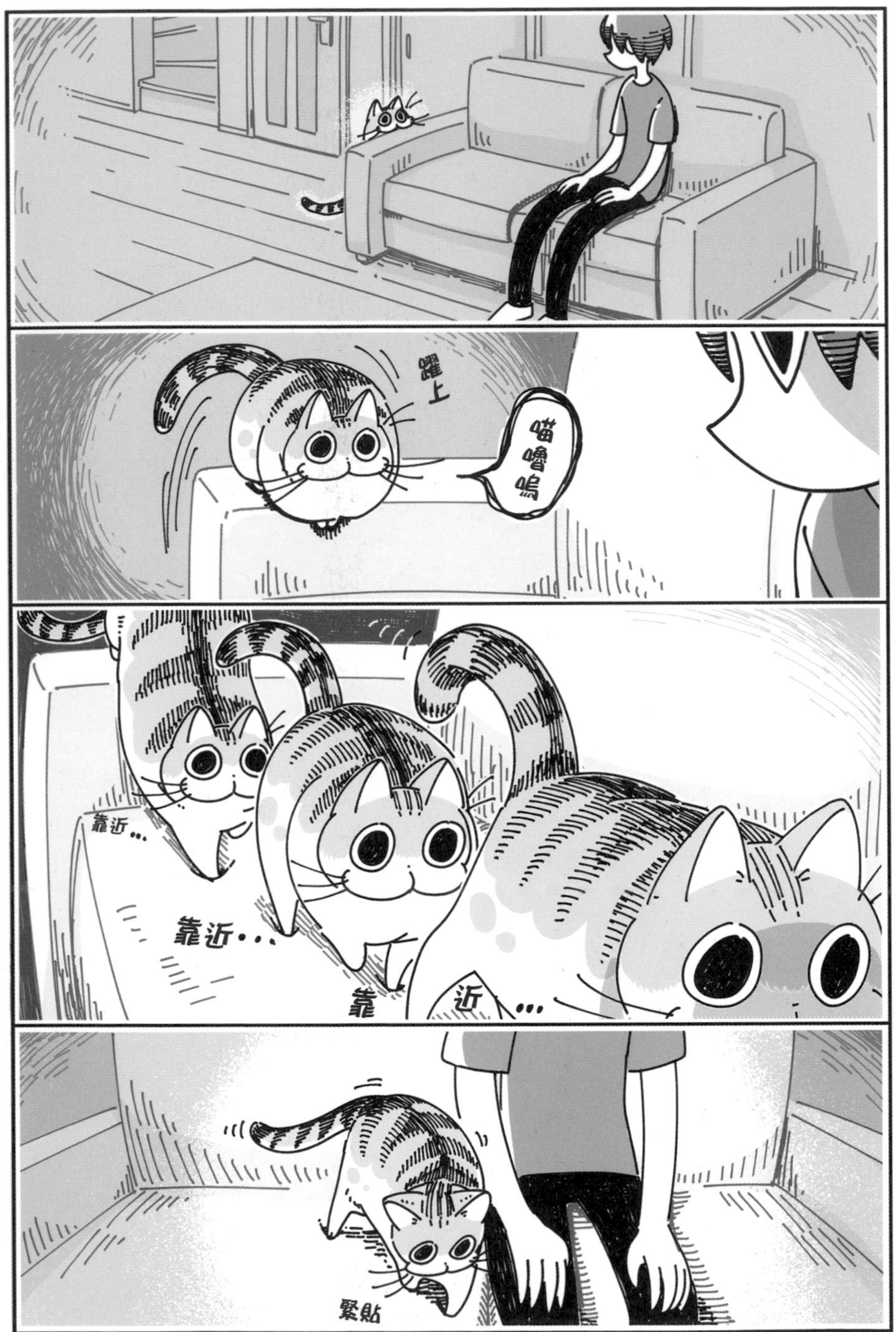
躍上
喵嚕嗚
靠近…
靠近…
靠近…
緊貼

一屁股
坐下
每當咕嚕加來到我身邊坐下來時，
都讓我有種幸福的感覺。

當我主動坐到
咕嚕加身邊時，
坐下…
可是，
起身
伸
伸
遠離…
遠離…
牠卻會對我
保持距離。
趴
下

盯……
盯……
咕嚕加有時會，
一直凝視著什麼都沒有的地方。
盯……

注視
聚精會神
好像在用眼睛追著什麼一樣，
緊張緊張
緊盯 緊盯
到底有什麼呢…？
有鬼嗎？

當跟著咕嚕加的視線，
想要確認看看到底有什麼東西時。
盯……
嗡嗡
絕大多數，都可以找到蚊蟲的蹤影。
緊盯
嗡嗡
嗚嗚……
緊盯
太興奮而發出的聲音

睡覺前
闔上
呼呼嗚……
呼……嗚嗚
※呼吸聲
偷摸…

嗚嗚
抽回
蜷起來
不給摸模式
睡著時的咕嚕加總會讓我很想弄弛一下。
睡吧……
啪嚓

坐起身…
呼
呼…
呼…
撥
撥
撥…
驚醒
咬下
咕嚕加也會想要弄一下正在睡覺的人。

工作用的包包
嗅⋯
嗅⋯
鼓起⋯
啊
抬頭看

你跑進來這種地方，
我會把你也帶去工作喔。
通勤
工作中
工作中
要是辦公室裡有咕嚕加……
聞嗅
聞嗅
※想像畫面
感覺會很有趣耶…
每當牠跑進我的包包裡，
我都會這樣想像著。
滑
滑

躍
上
擤
想要我摸摸嗎……
摸摸
摸摸
踢
要是不立刻把揉成一團的衛生紙丟掉，
就會被牠拿去盤球。
髒髒，不可以！
牠好像是想要這坨衛生紙
踢
踢
踢

喀嚓
要出門的妹妹
我要出門囉。
孤伶伶
怎麼看起來很寂寞的樣子。

摸
對不起喔，我很快就會回來了～
乖乖
我出門了
四處飄散
毛
像這樣，每次出門前，衣服都會慘不忍睹。

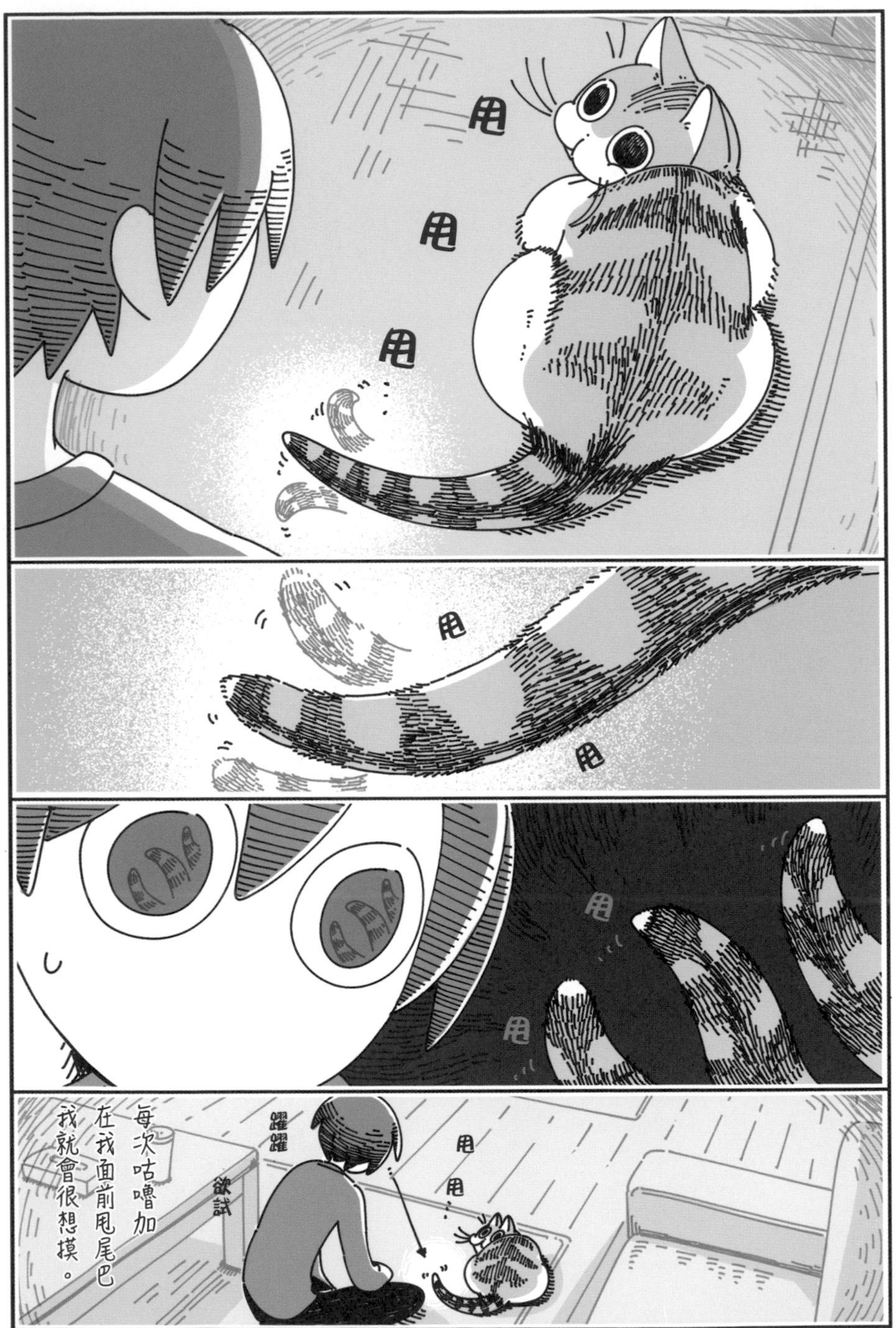
甩
甩
甩
甩
甩
甩
甩
每次咕嚕加
在我面前甩尾巴
我就會很想摸。
躍躍
欲試
甩
甩

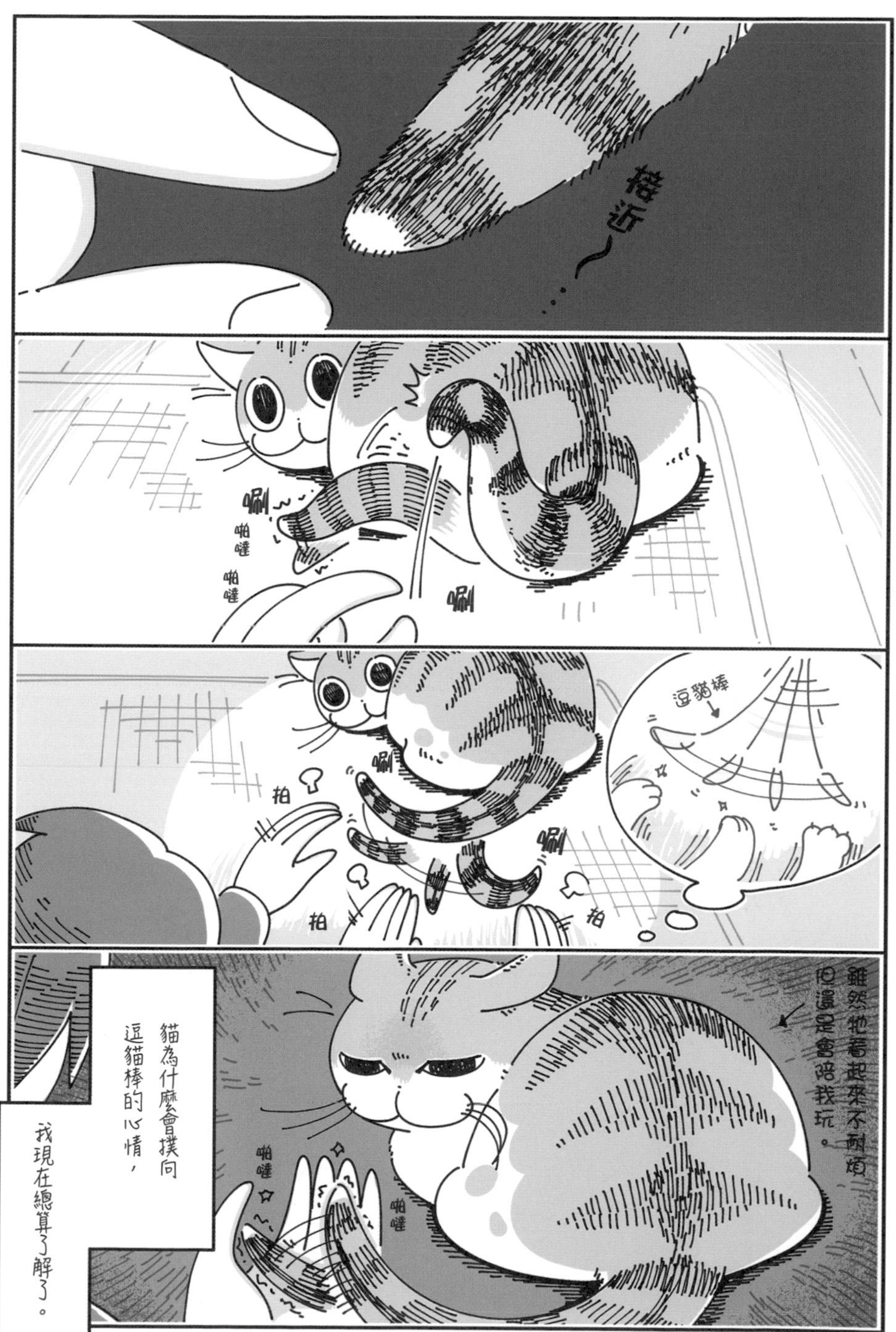
接近～……
唰～
啪噠
啪噠
唰
逗貓棒
唰
拍
唰
拍
拍
雖然牠看起來不耐煩
但還是會陪我玩。
貓為什麼會撲向
逗貓棒的心情，
我現在總算了解了。
啪噠
啪噠

資料夾
在哪裡
?
?
?
找到了。
抱歉，稍微讓一下吧。
抽

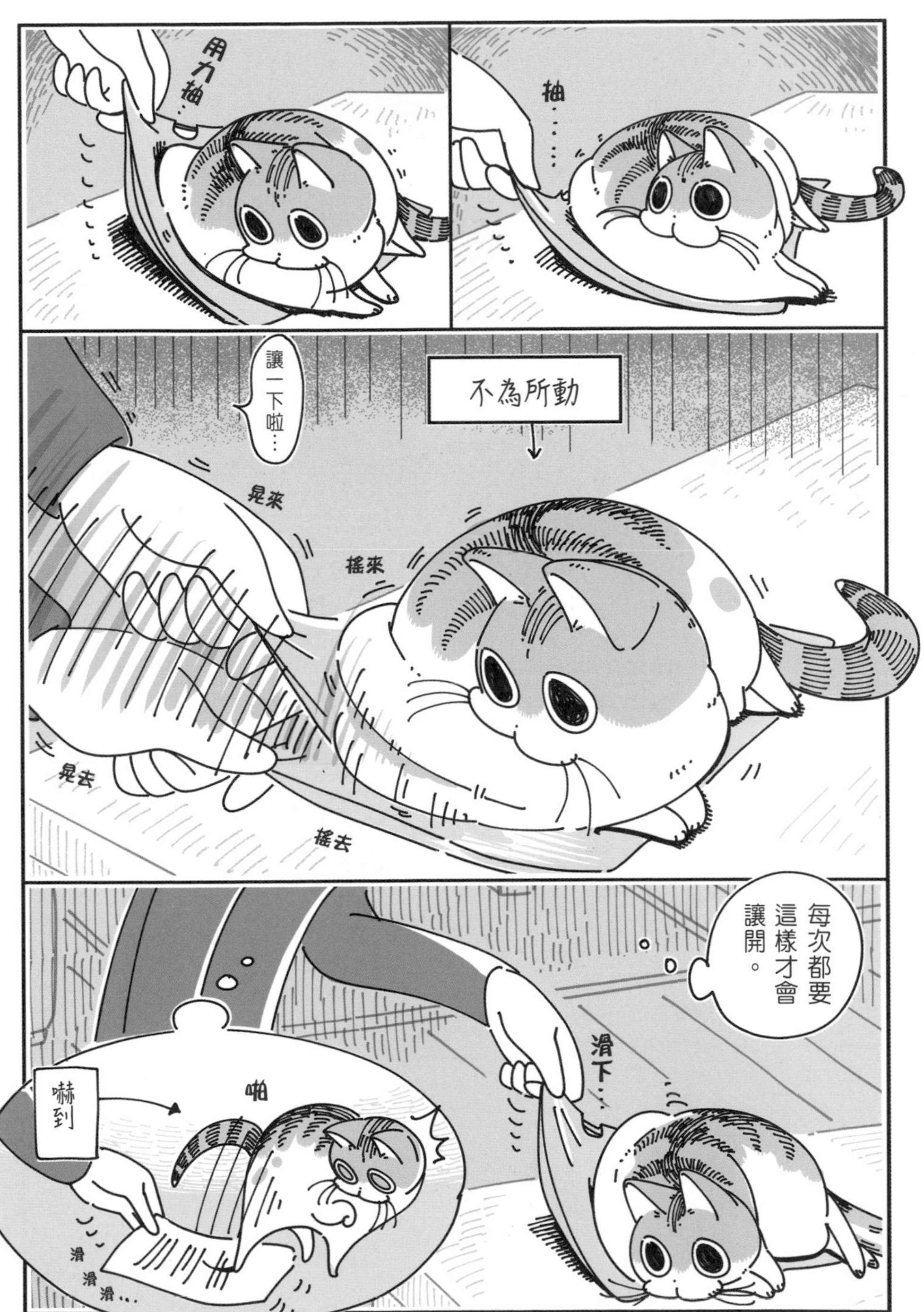
用力抽…
抽……
讓一下啦…
不為所動
晃來
搖來
晃去
搖去
每次都要這樣才會讓開。
滑下…
嚇到
啪
滑滑滑…

滑
開
拿到了
直到最後都不肯讓。
驚起
現在才讓開。
咚
真不知道咕嚕加到底是粗線條還是膽小呢。

不管我在做什麼
咕嚕加都會跑來
妨礙我。
吼
好可愛。
好好喔，
我也想被咕嚕加
妨礙。

跟我交換了位置
咕嚕加，你也來妨礙我吧。
……
突然起身…
嘟嚕
噗啊……
不要……
從呵欠中流露出來的心聲

特地跑來讓牠妨礙，
但牠的反應卻很冷淡。
咚
咚
咚
咚
咕嚕
咕嚕
躍
下…
咚
咚
咚
咚
牠好像只想妨礙
不想被妨礙的人。
一屁股

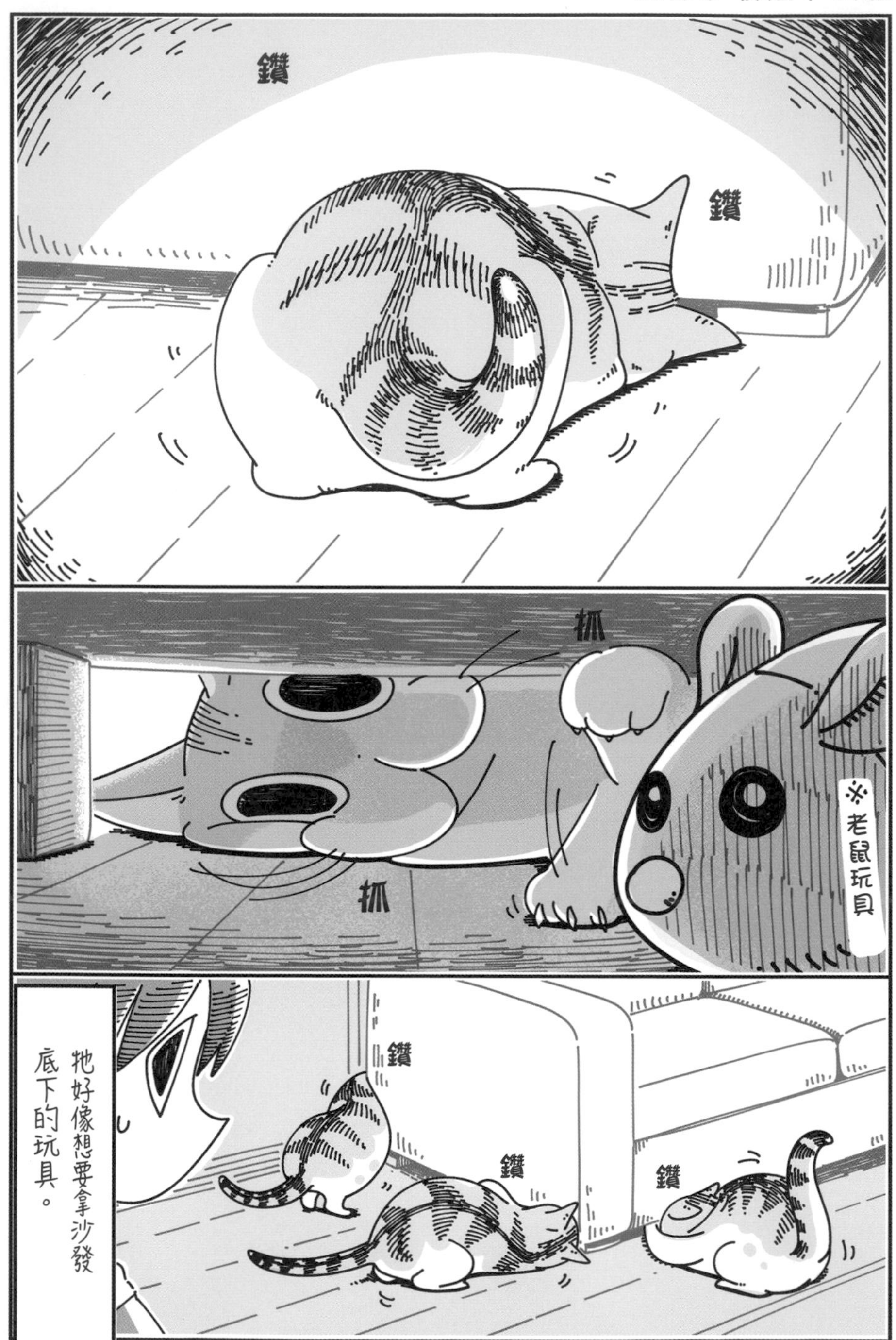
鑽
鑽
抓
抓
※老鼠玩具
牠好像想要拿沙發底下的玩具。
鑽
鑽
鑽

滾出來
喀
喀
想要用尺
掃出來
啪
啪
牠好像玩得很
開心的樣子。
啪
啪
啪
可是，幾分鐘後，
玩具又跑進沙發底
下了。
鑽
鑽

這次好像真的很裡面⋯
嘿咻
喀唧
喀唧
好了，拿出來了。
丟
揮
咻砰
你實在是⋯
鑽⋯
怎麼感覺，
好像是在跟咕嚕加玩空氣曲棍球一樣。
啪噠
喀啷

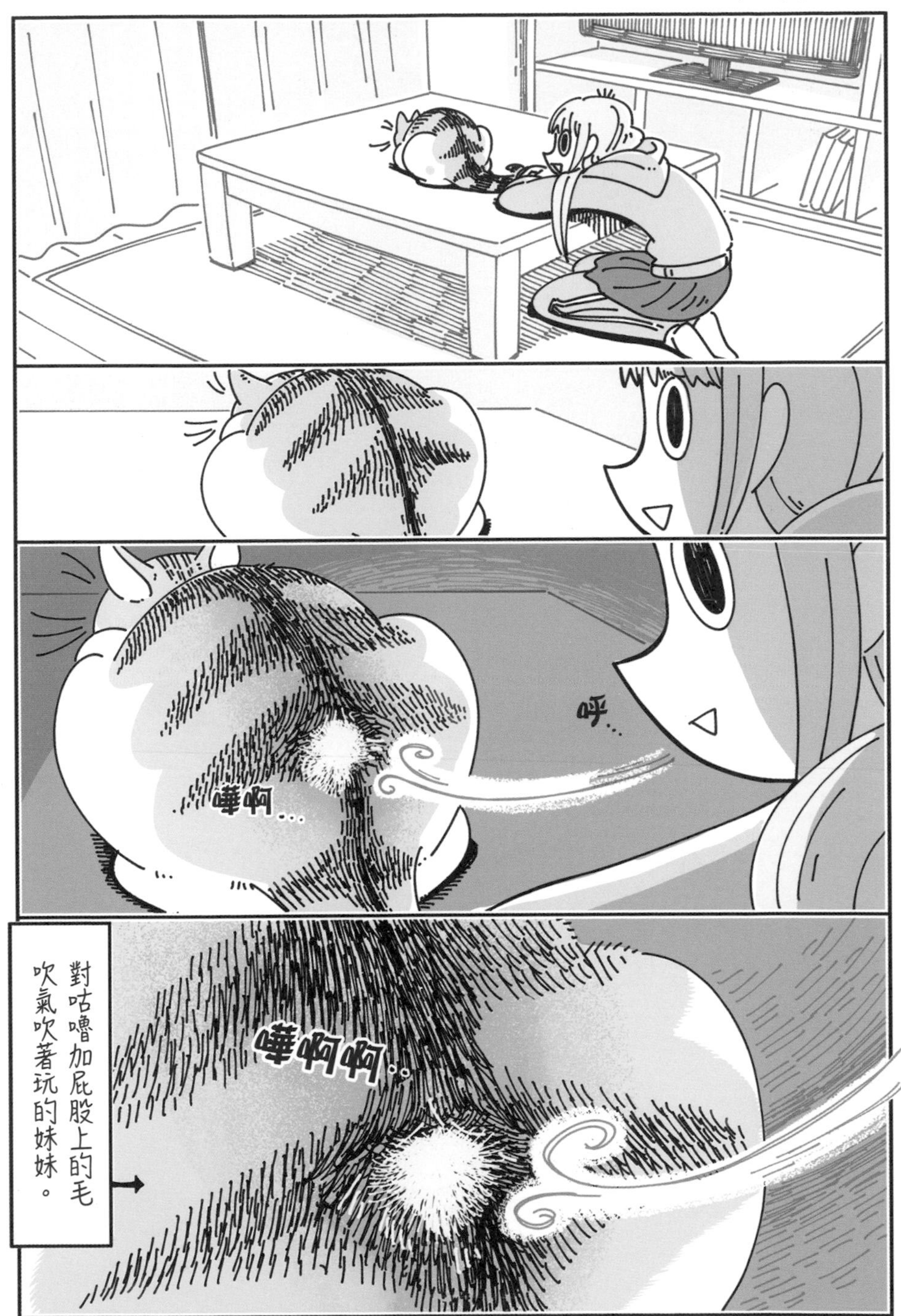
呼…
嘩啊…
嘩啊啊…
對咕嚕加屁股上的毛吹氣吹著玩的妹妹。

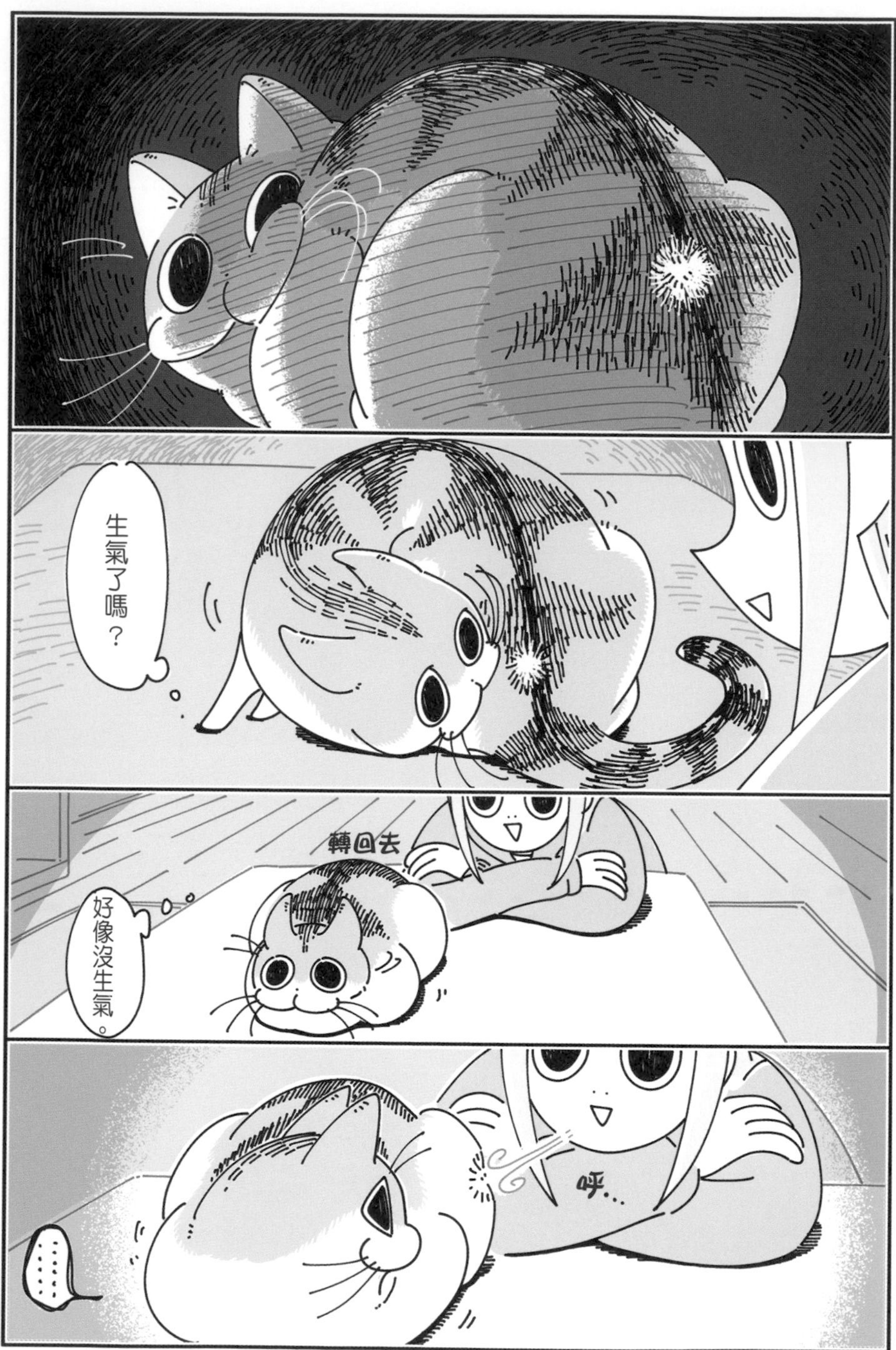
生氣了嗎？
轉回去
好像沒生氣。
呼…

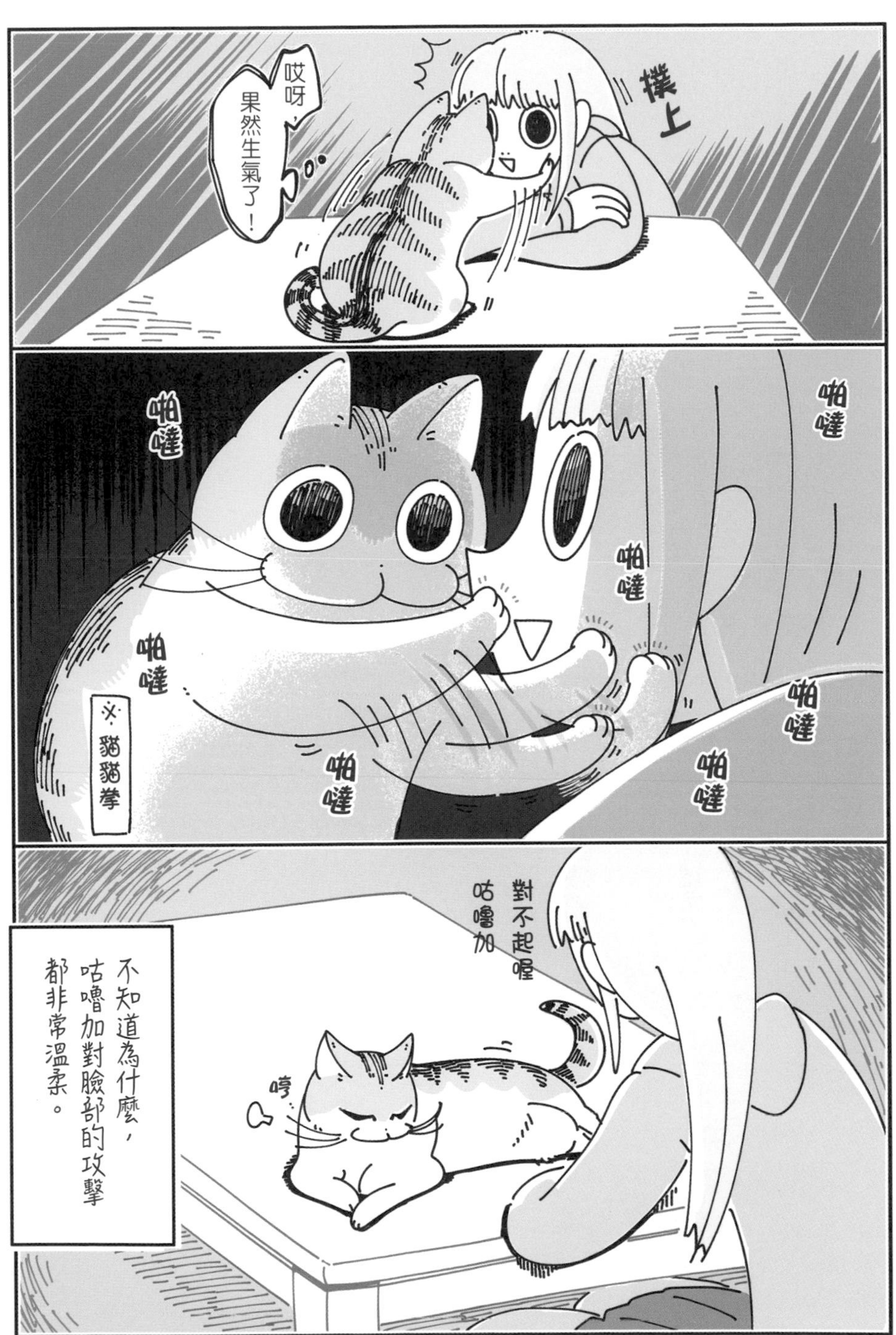
撲上
哎呀，果然生氣了！
啪噠
啪噠
啪噠
啪噠
啪噠
啪噠
啪噠
※貓貓拳
對不起喔 咕嚕加
不知道為什麼，咕嚕加對臉部的攻擊都非常溫柔。
哼…

悠閒中
咚 咚 咚 咚 咚
咚 咚 咚 咚
咚 咚 咚 咚 咚
躍上
哇喔
WOW~~!!
不知為何突然變成撒嬌模式
逼近 逼近 逼近 逼近 逼近……
要過來使出頭槌了

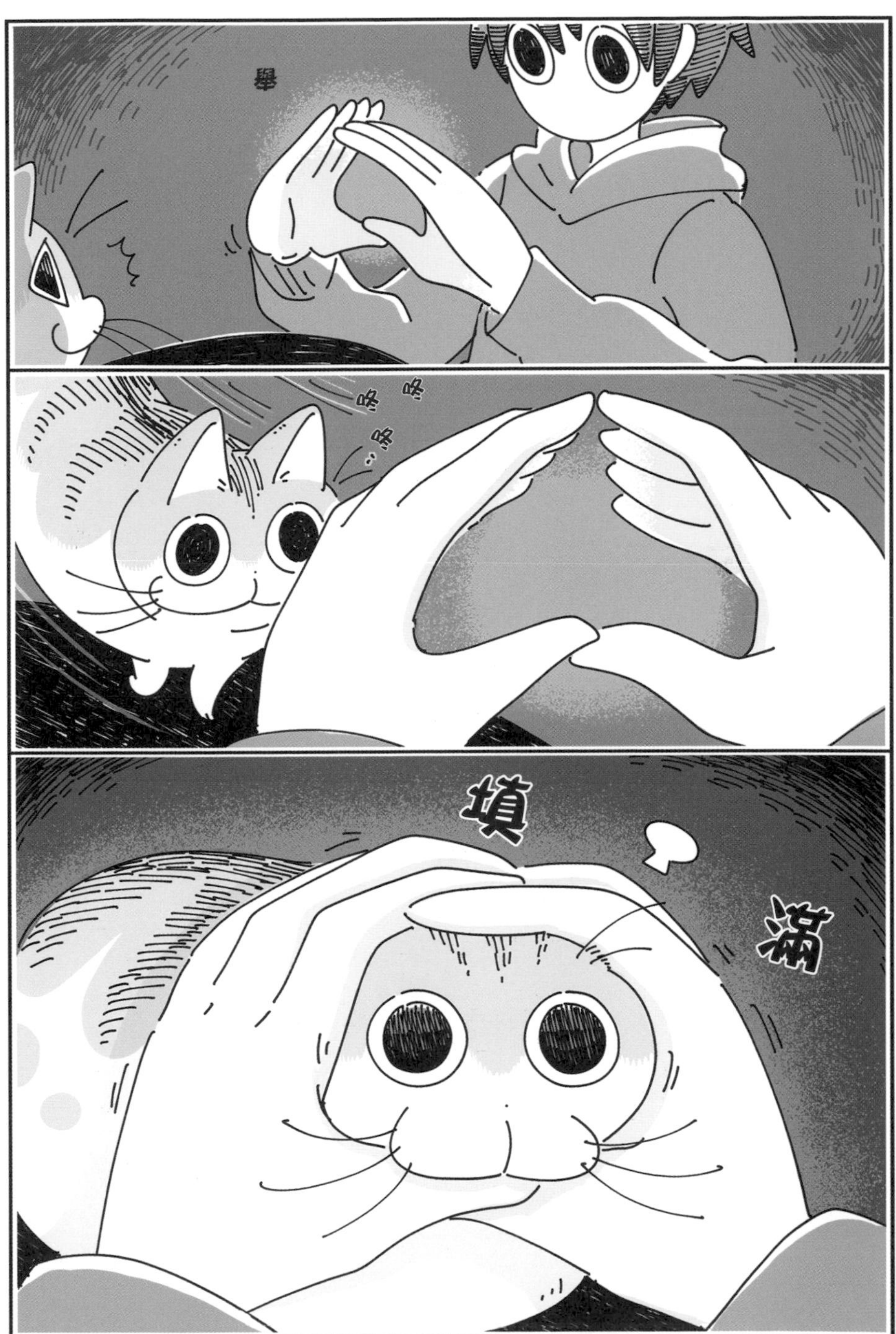
舉
咚咚咚‥
填
滿

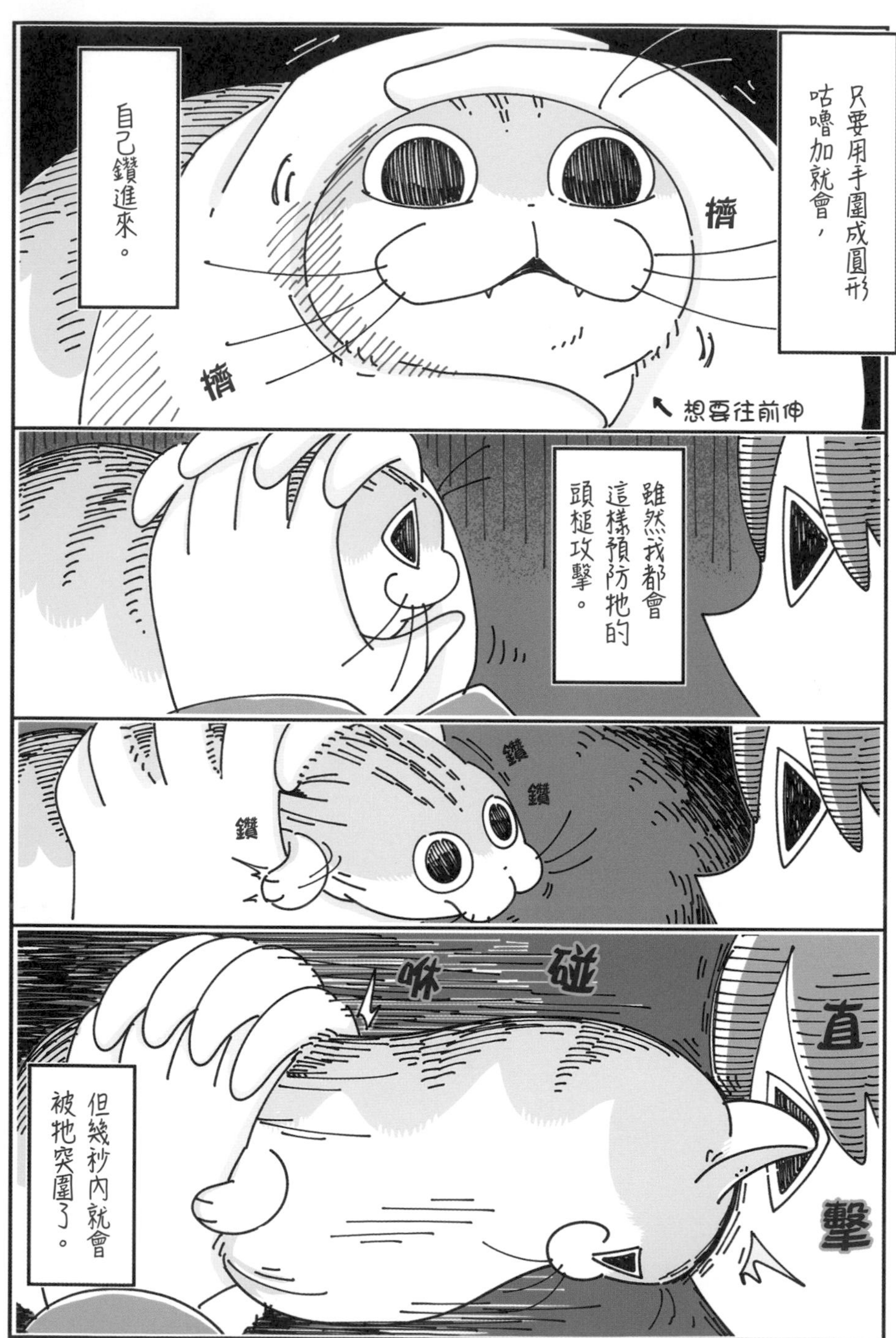
只要用手圍成圓形
咕嚕加就會，
自己鑽進來。
擠
擠
想要往前伸
雖然我都會
這樣預防牠的
頭槌攻擊。
鑽
鑽
鑽
咻
碰
直
擊
但幾秒內就會
被牠突圍了。

深夜
呼…
呼…
呼~…
呼~…
嗚
瞇眼…
嗚~…
呼~…

嗚～～
到底是什麼時候過來的啊？完全都沒有發現。
在枕頭上躺得很好
睡得真熟。
偷瞄

不知為什麼
咕嚕加也醒來了。
……
……嗚唔
呼……
嚕……嚕……嚕
又睡回去
嗚嗚呼……
嘟噥
嘟噥
又睡回去的咕嚕加
實在有夠吵。
摸摸
摸摸

逼
近
逼
近
逼
近

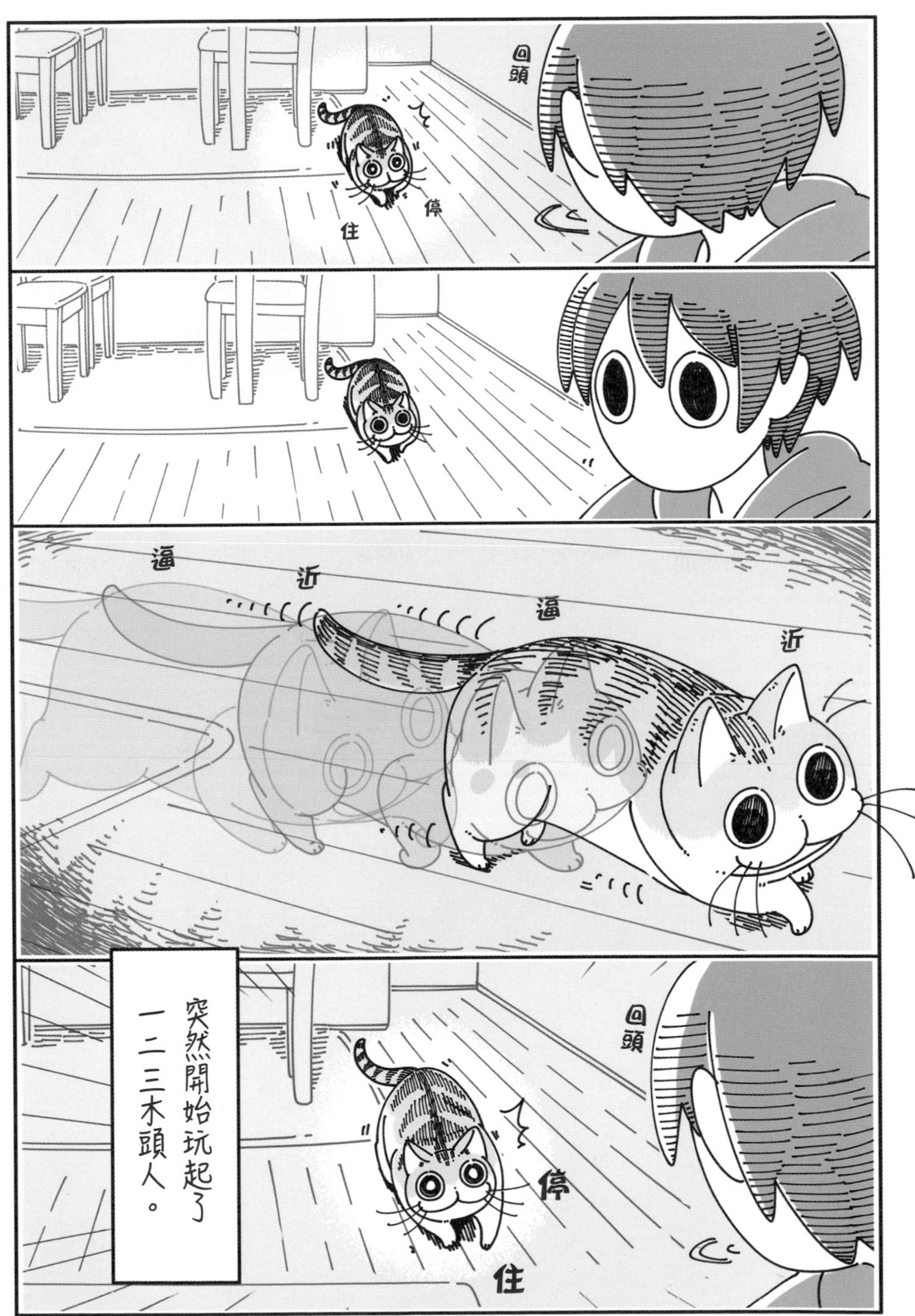
回頭
停
住
逼
近
逼
近
突然開始玩起了
一二三木頭人。
回頭
停
住

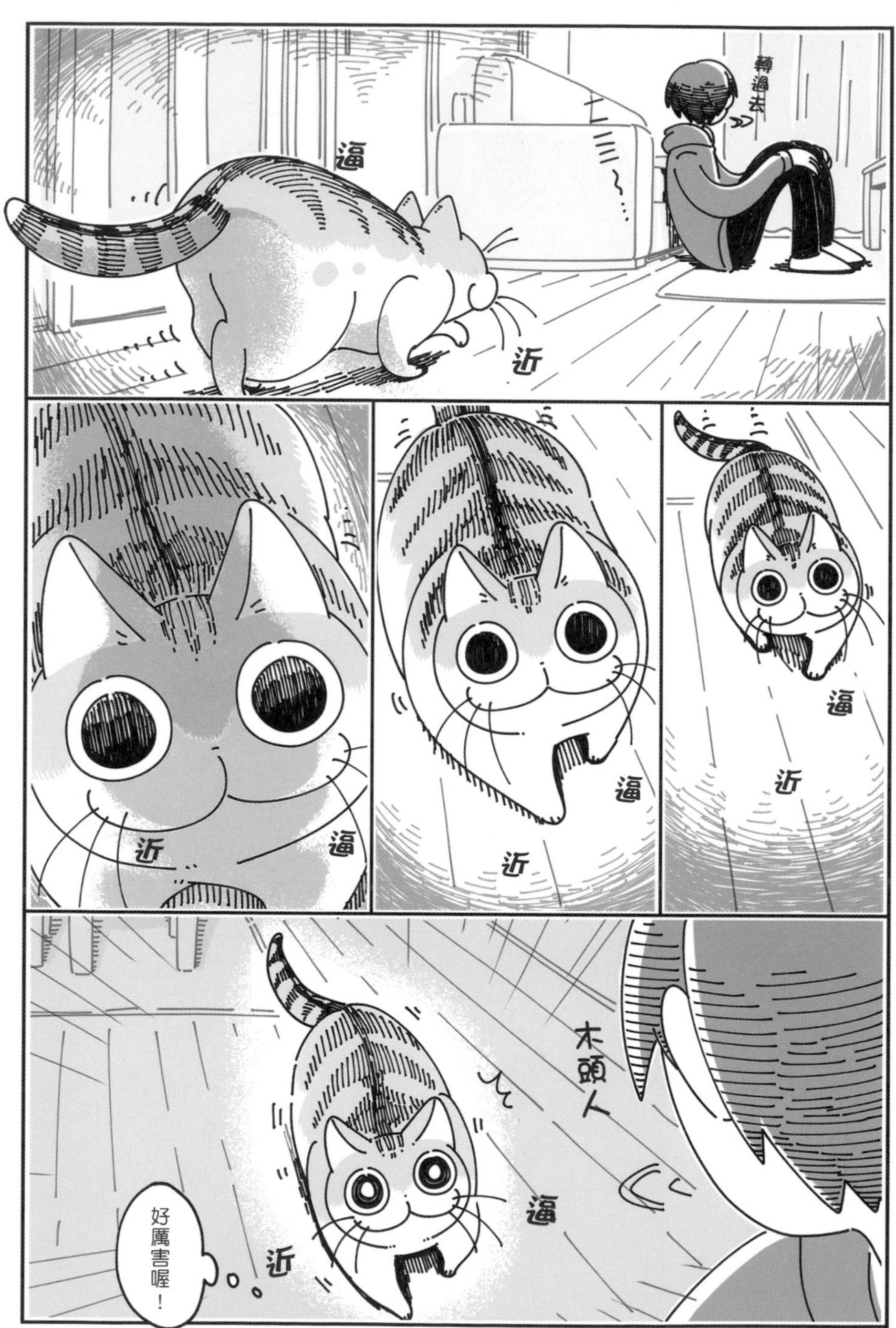
轉過去
逼
近
逼
近
逼
近
逼
近
木頭人
逼
近
好厲害喔！

……
咪～…
舔
舔
木頭人
舔
舔
舔
牠總是玩到一半
就膩了。

無法抗拒食指的魅力

哎呀，咕嚕加……

過來這邊

來玩吧

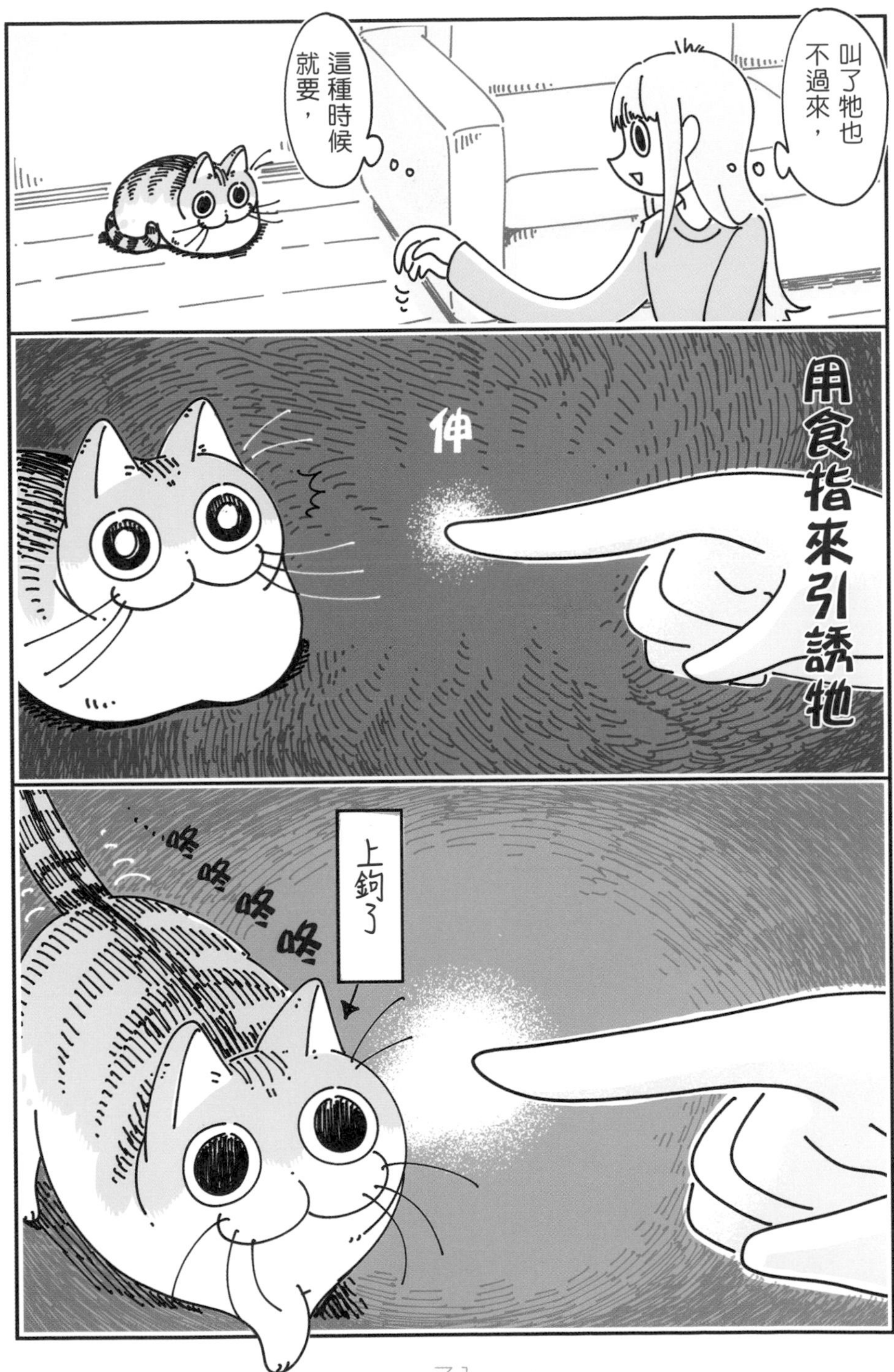
叫了牠也不過來，
這種時候就要，
用食指來引誘牠
伸
咚咚咚咚咚
上鉤了

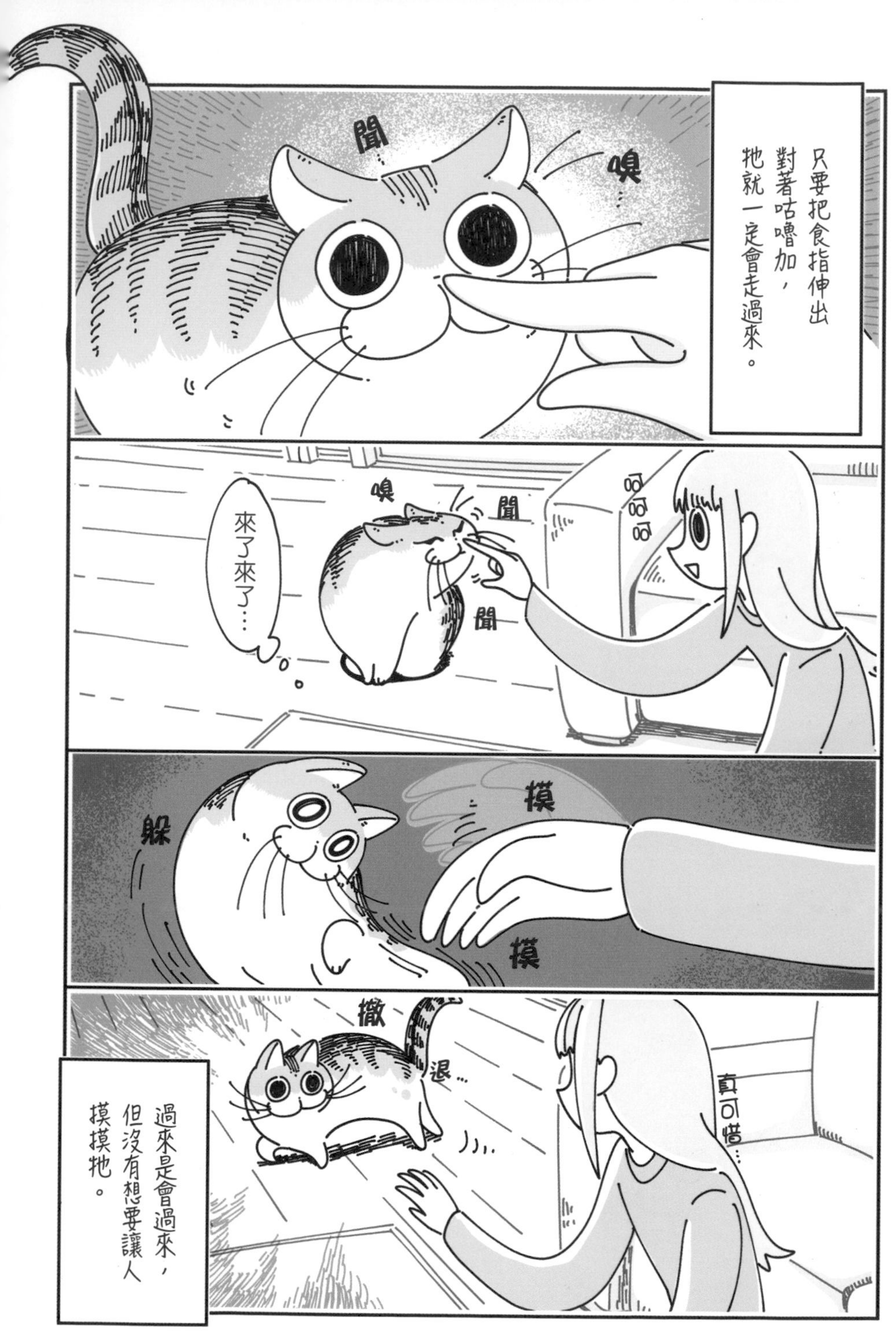
只要把食指伸出
對著咕嚕加，
牠就一定會走過來。
聞…
嗅…
呵呵呵
聞
嗅
來了來了…
聞
摸
躲
摸
撤
退…
真可惜…
過來是會過來，
但沒有想要讓人
摸摸牠。

全新的逗貓棒

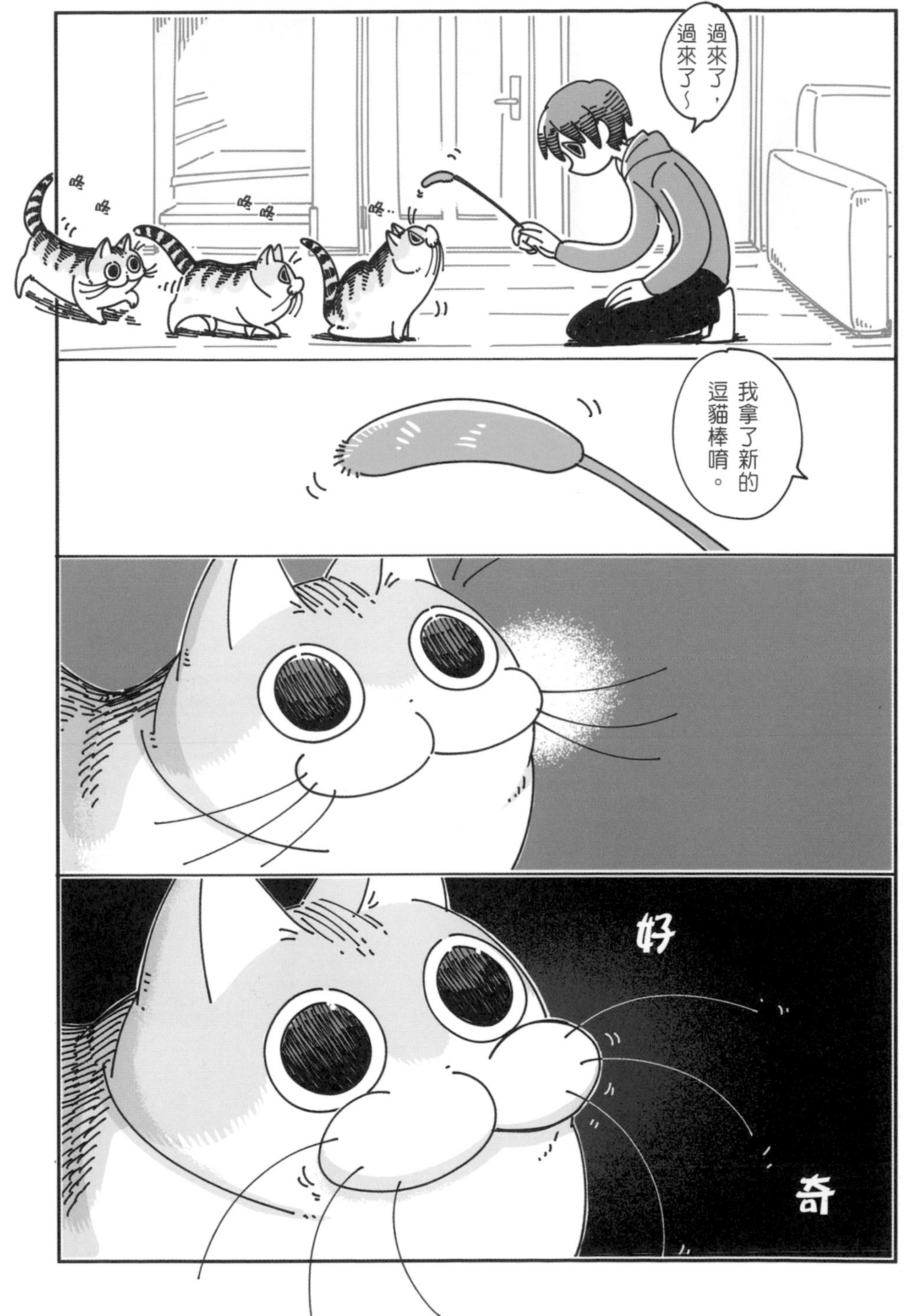

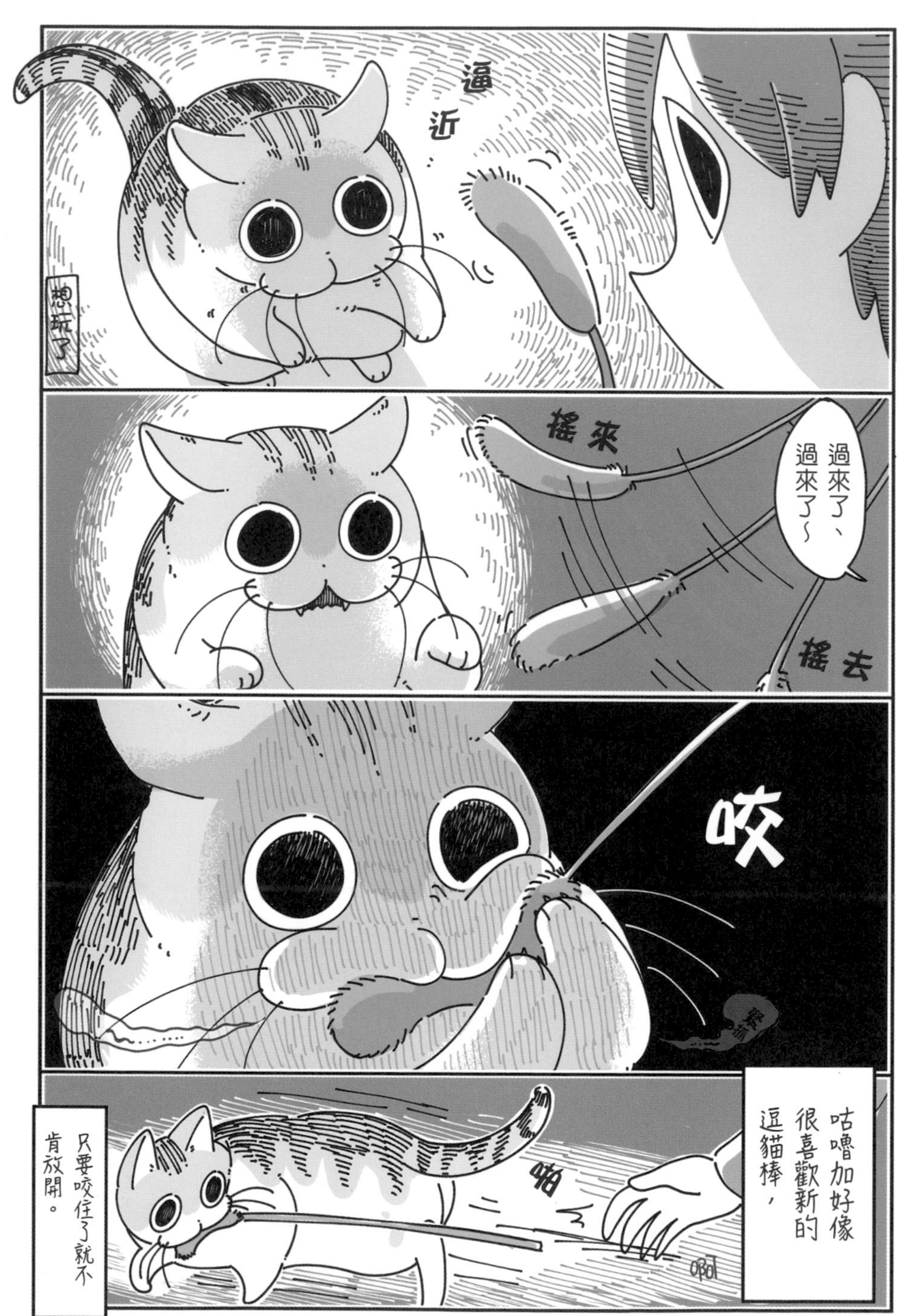
逼近
想玩了
搖來
過來了、過來了～
搖去
咬
緊抓
咕嚕加好像很喜歡新的逗貓棒，
只要咬住了就不肯放開。
啪

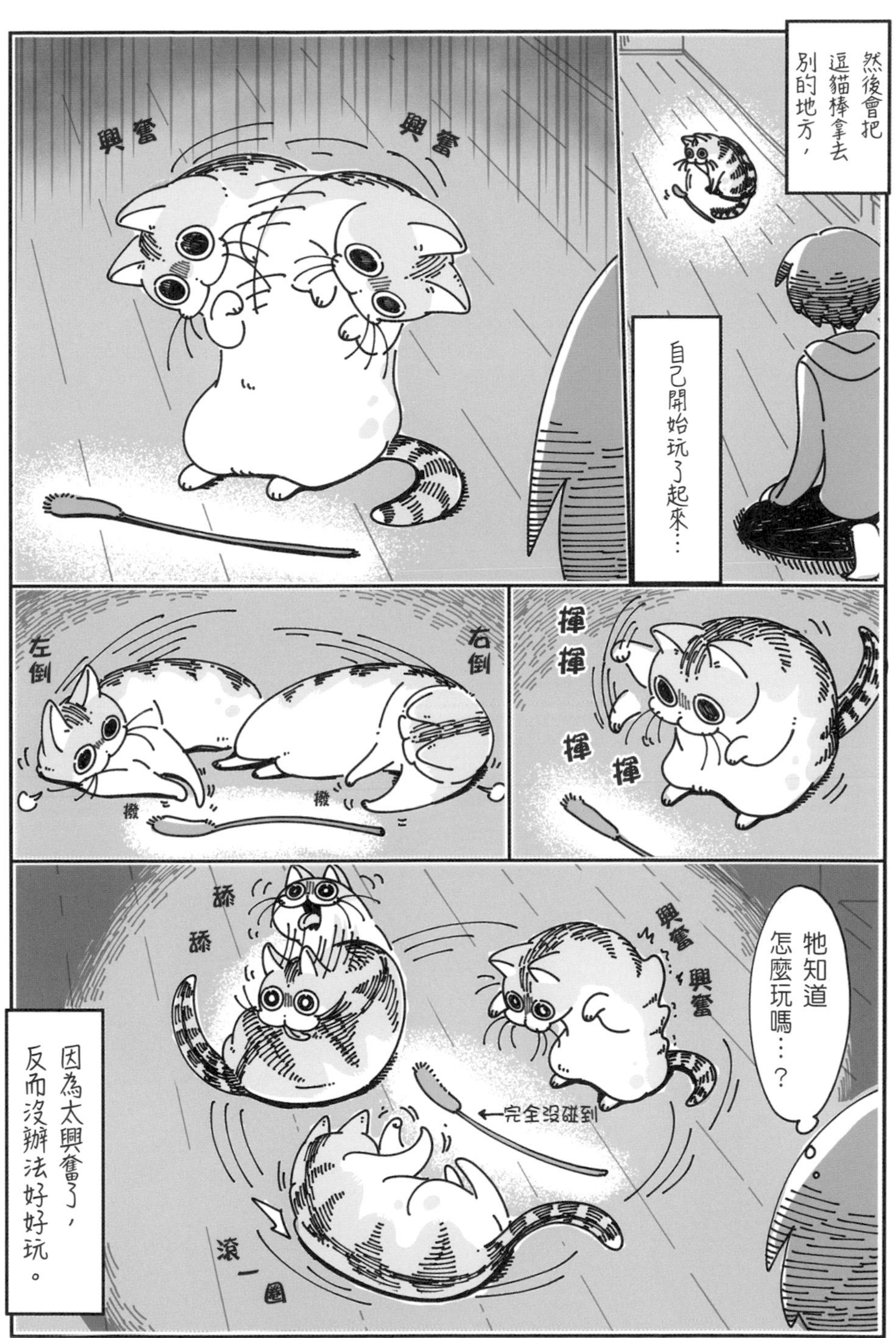
然後會把
逗貓棒拿去
別的地方，
自己開始玩了起來…
興奮
興奮
揮
揮
揮
揮
右倒
左倒
撥
撥
牠知道
怎麼玩嗎…？
興奮
興奮
舔
舔
完全沒碰到
滾一圈
因為太興奮了，
反而沒辦法好好玩。

想要阻止貓來妨礙我

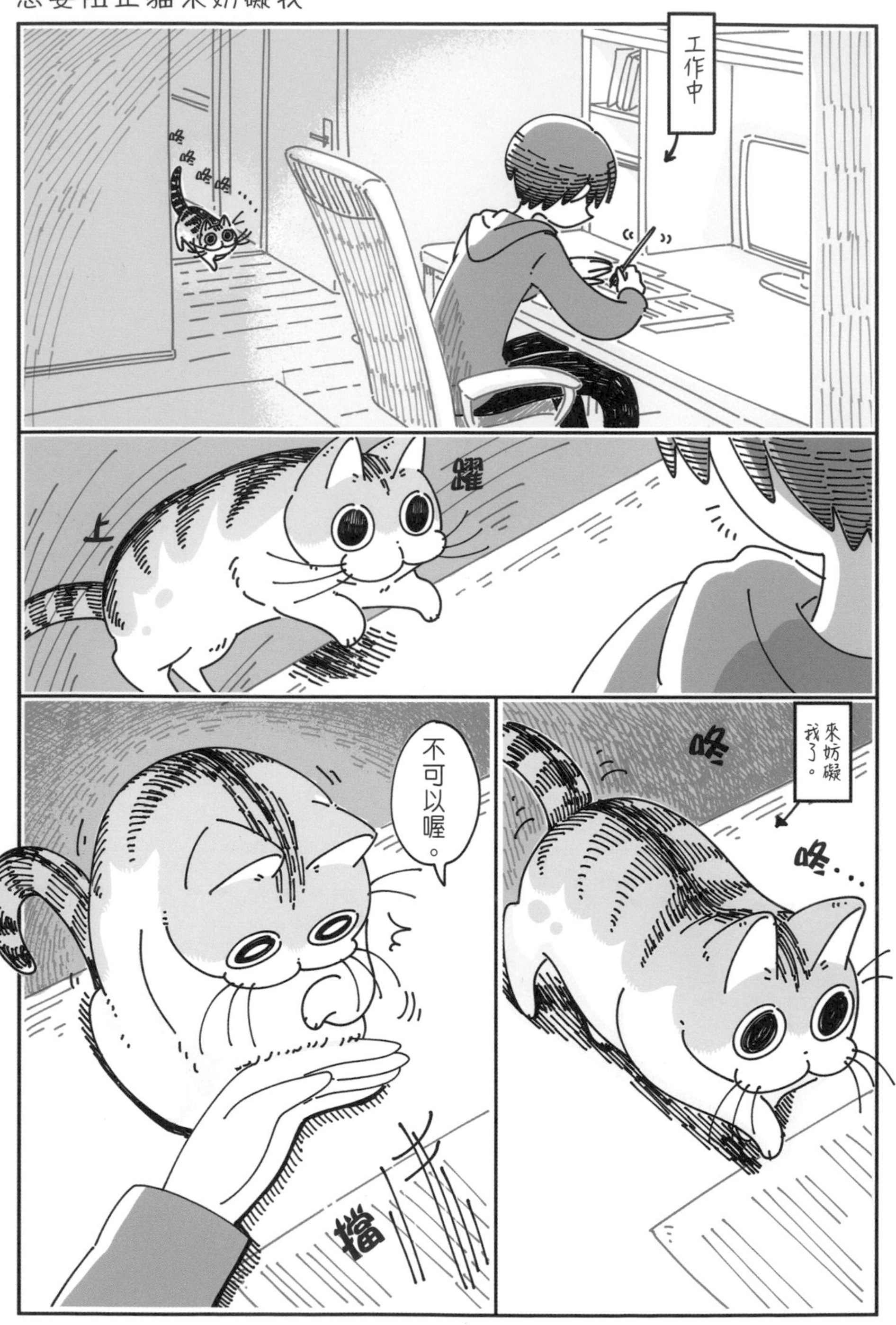

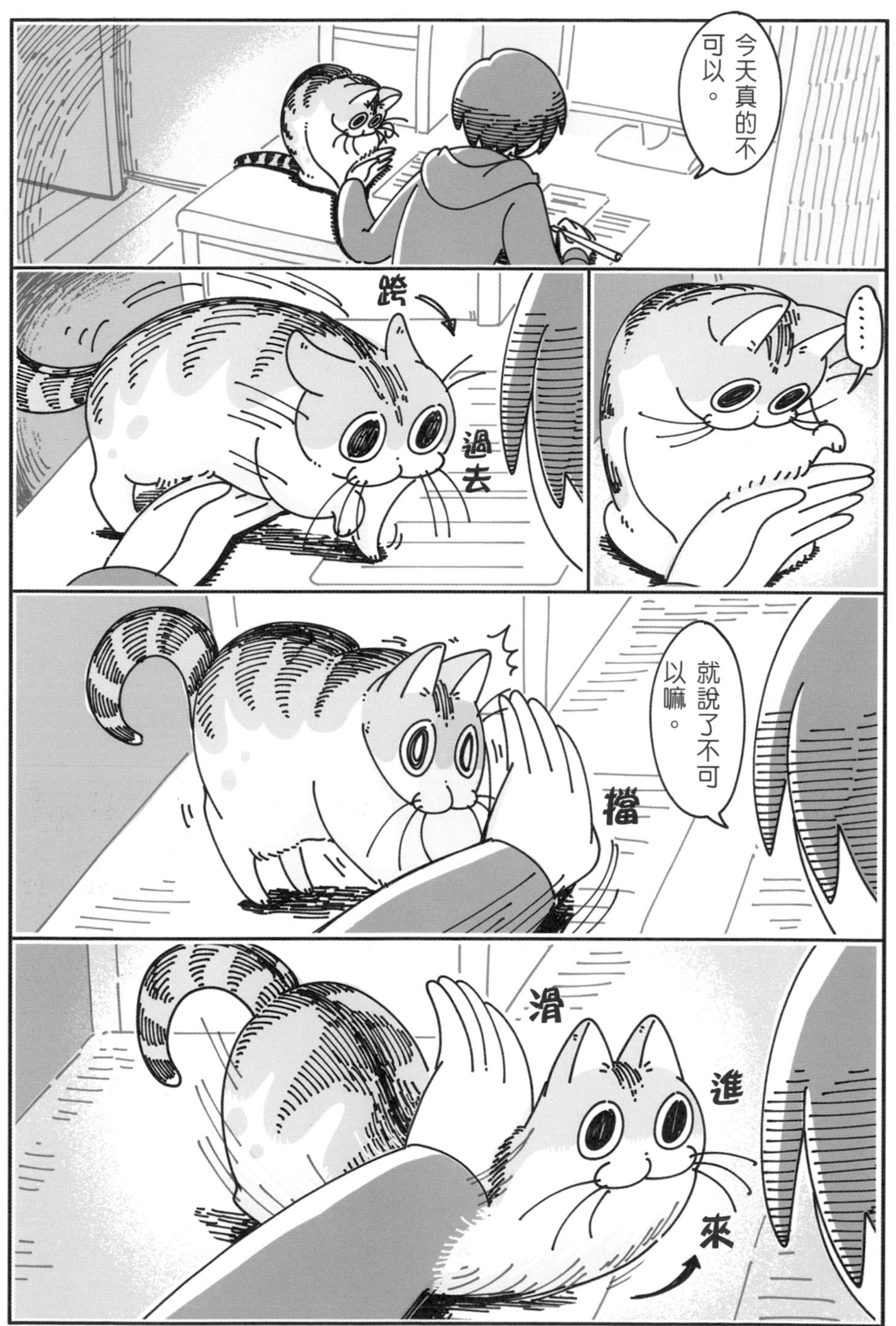
今天真的不可以。
跨過去
……
就說了不可以嘛。
擋
滑進來

雖然說真的
不可以……
一大坨…
對了，
那來抱抱牠吧。
抱緊
嚕
每次這麼做
咕嚕加都會
跑走。
之前的經驗
好乖好乖
來抱抱吧
2秒後
溜走~
啊
咦…？
咕嚕加總是
讓人難以預料。

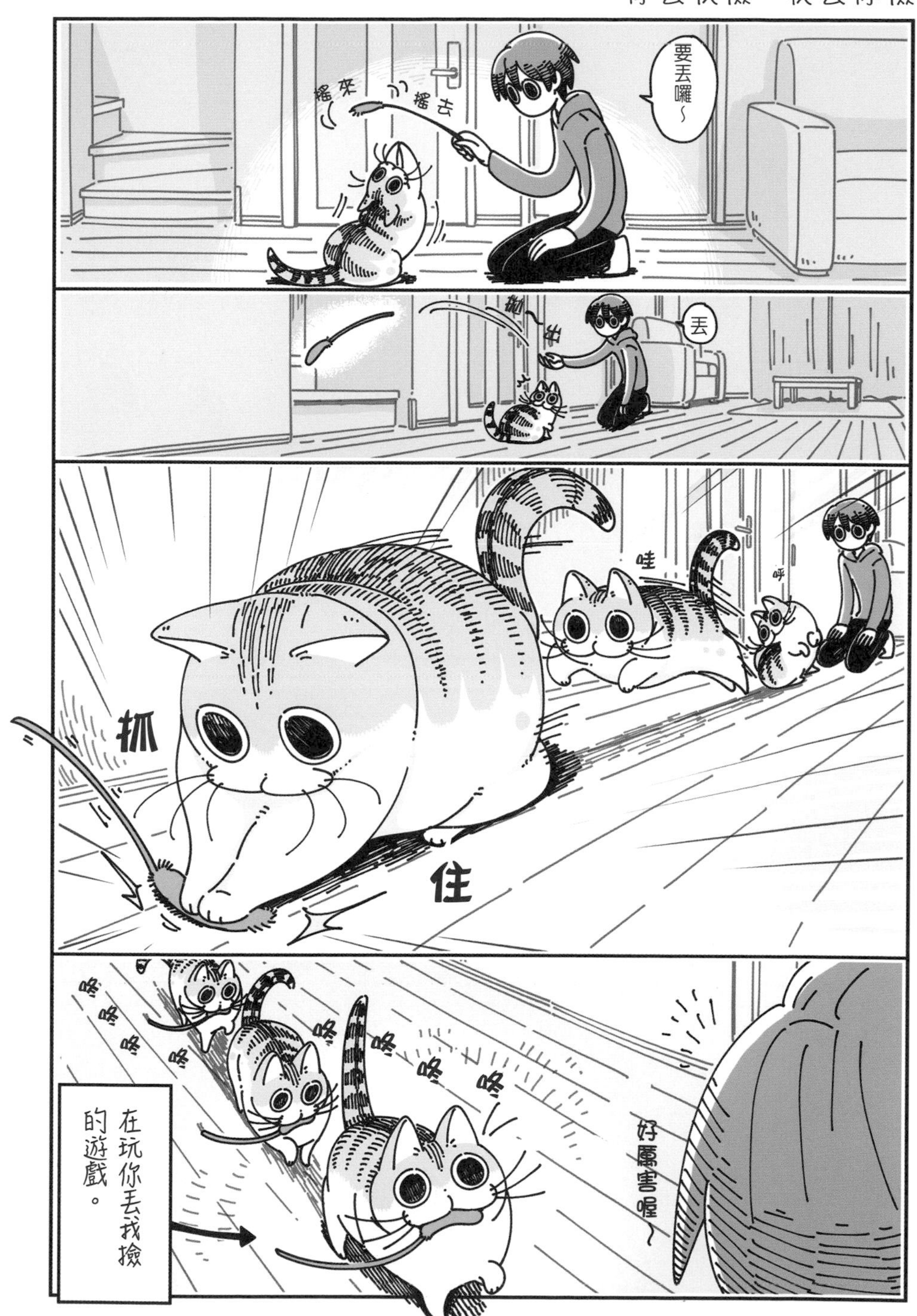
要丟囉～
搖來
搖去
丟
哇
呼
抓
住
咚
咚
咚
咚
咚
咚
咚
咚
好厲害喔～
在玩你丟我撿的遊戲。

放
有點遠
嘿咻

再一次。
我丟
拋～出
咚
咚
噠
噠
噠
噠
咚
咚
咚
咚
咚
咚
咚
咚
咚…
遙遠
啪噠
要我來這裡拿呀。
嘿咻
總覺得我好像也被咕嚕加玩了。

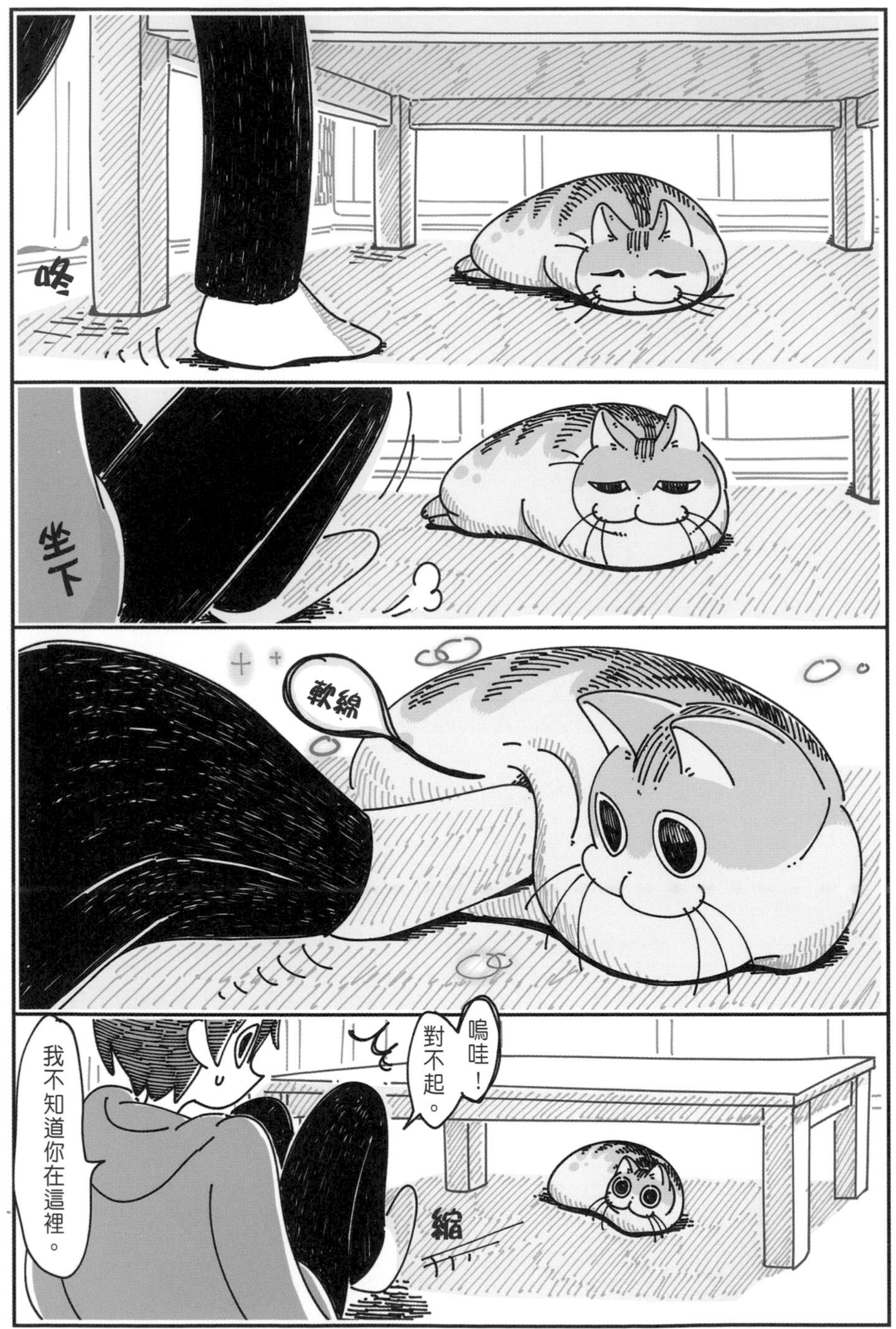
咚
坐下
軟綿
嗚哇！對不起。
我不知道你在這裡。
縮

另一天
呼呼
呼
軟綿
翻身…
睡夢中
嗚哇！
轉頭
你在呀，對不起。

又是另一天
查資料中
別本書
軟綿綿…
每次不經意摸到咕嚕加，
嚇
對不起
不在意
都會覺得牠比平常還要柔軟。

嗅
嗅
嗅
嗅
啪噠
喀
噠

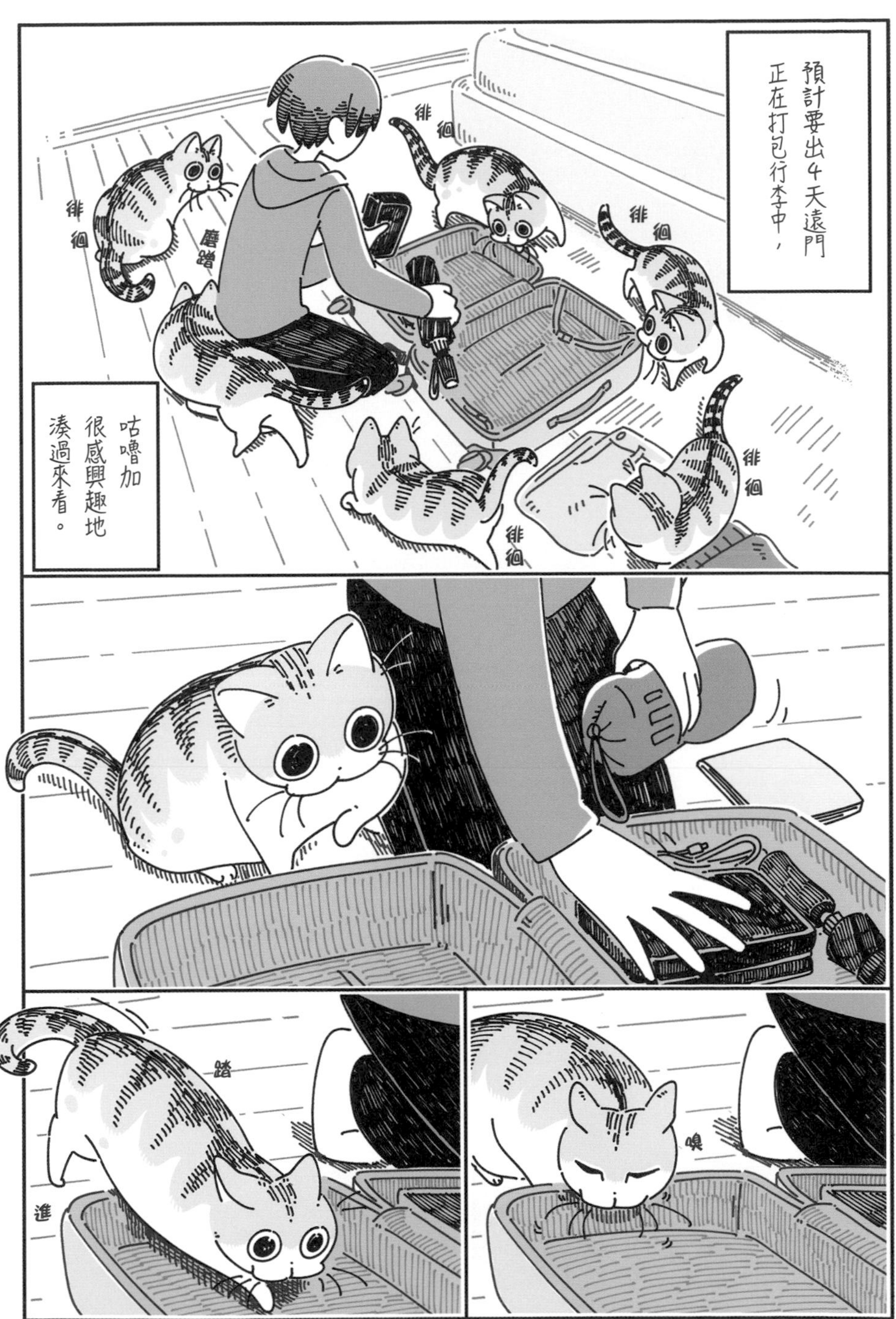
預計要出4天遠門
正在打包行李中，
徘徊
徘徊
徘徊
徘徊
磨蹭
徘徊
咕嚕加
很感興趣地
湊過來看。
嗅
踏
進

在這邊待著啦。
滑滑滑

起身
伸伸
靠近
甩甩甩
盯…
啪
啪
啪
啪
啪
嚕嚕呼……
※呼吸聲
左看
右看
低頭
澎澎澎
興奮
興奮
工作用的包包
嗅
嗅
今晚有貓伴身邊
YORU HA
NEKO TO ISSHO
KYURYU Z
首刷限定
特製貼紙
遠流

哎呀！
不過才進來一下而已，就掉毛了…
好了，
把衣服放進來吧。
滾滾
滾滾
佔據…
←衣服

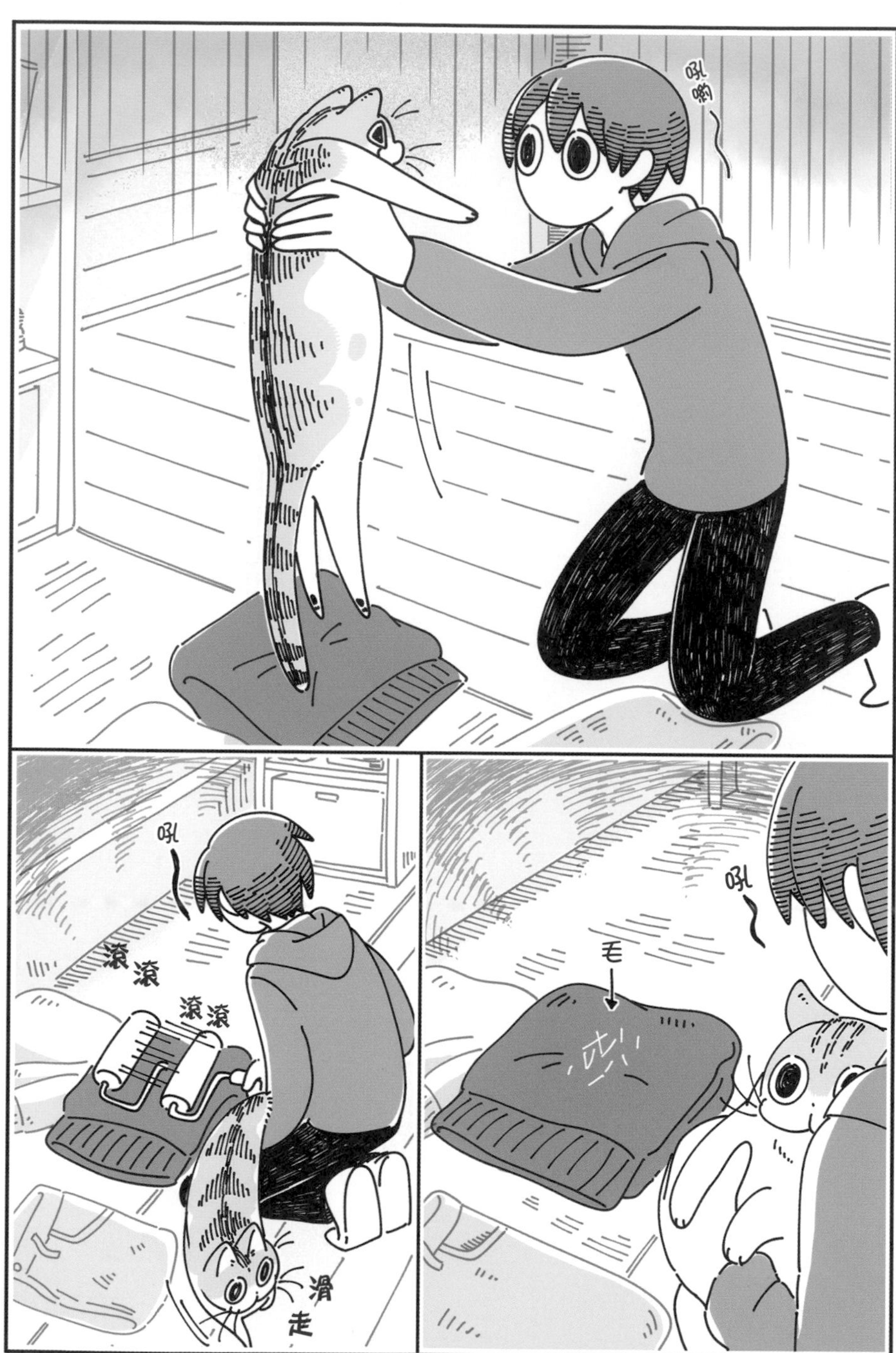
吼喲~
吼~
毛
吼~
滾滾
滾滾
滑走

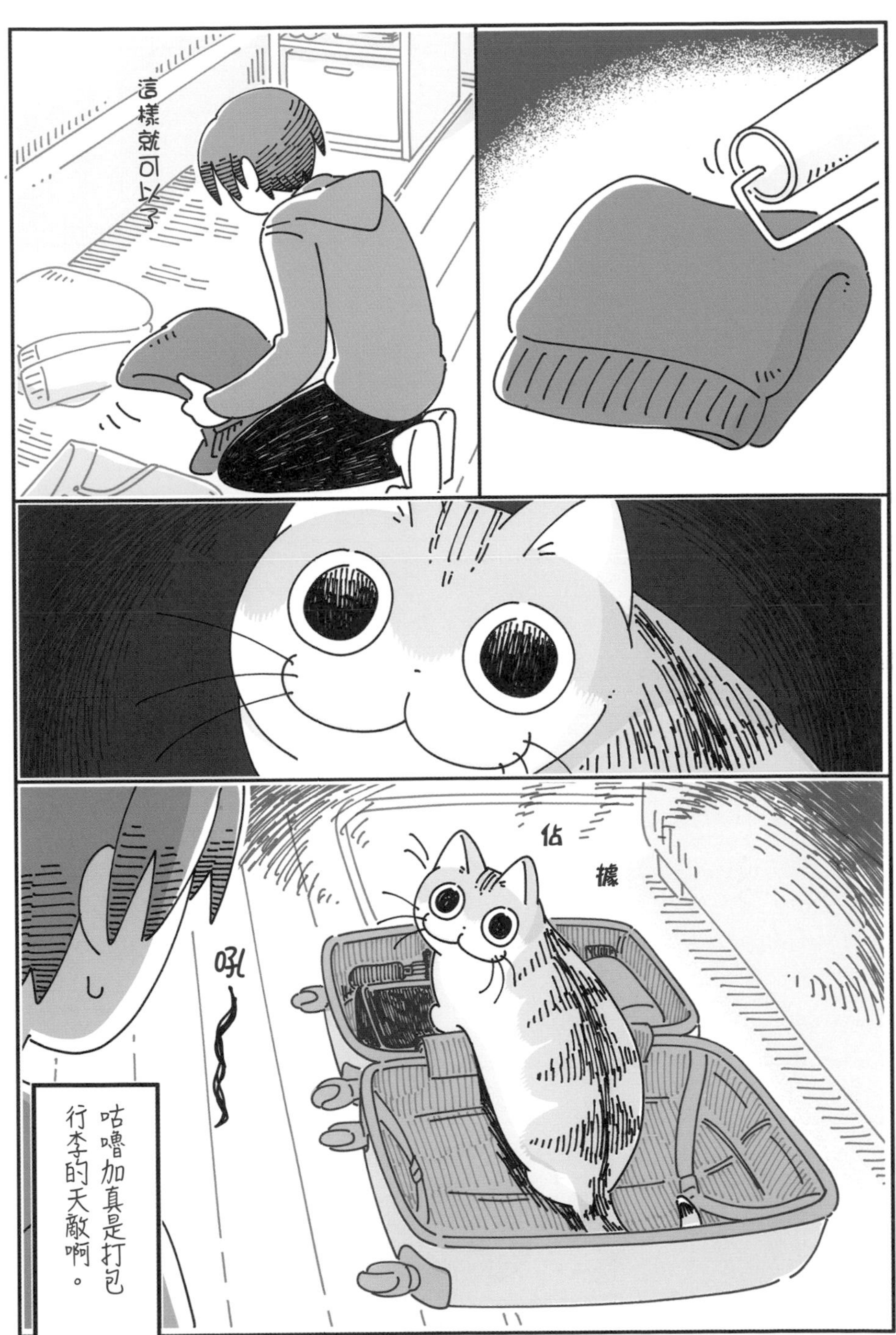
這樣就可以了
佔
據
吼
咕嚕加真是打包
行李的天敵啊。

出發的那天
喀嚓
孤伶伶
我要出門了喔。

要跟小P好好
相處喔～

啪嗟
孤伶伶
低落……
腦海中開始閃過
咕嚕加的身影
啊
忘了拿

喀嚓
找到了
已經在爽躺了。
躺
著
稍微緩和了我低落的心情。

傍晚
喀嚓……
啪噠
好乖～好乖～
喀嚓
咕嚕加，我回來了。

咕嚕加與妹妹
正式展開了
兩人生活。

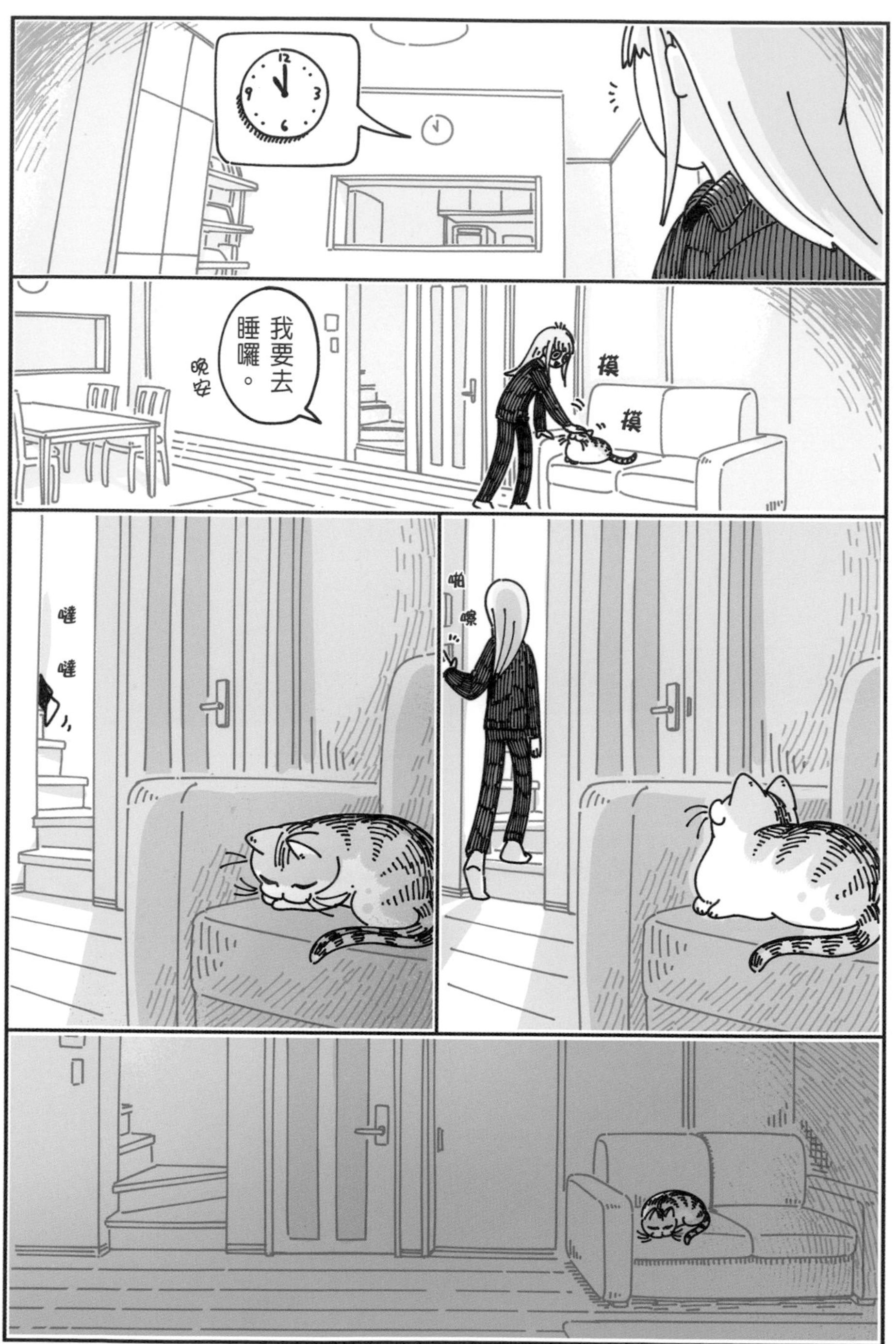
我要去睡囉。
晚安
摸
摸
噠
噠
啪
嚓

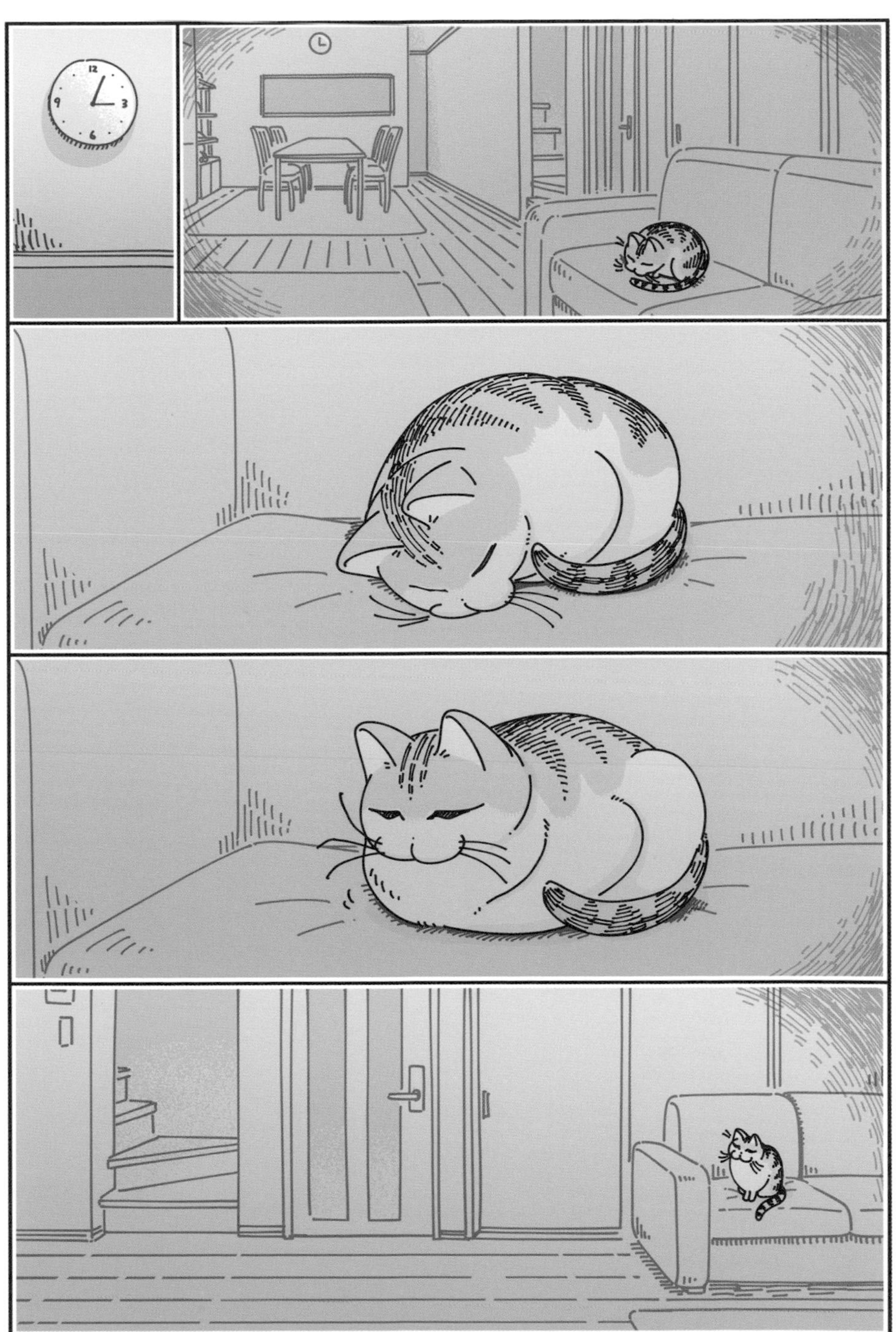

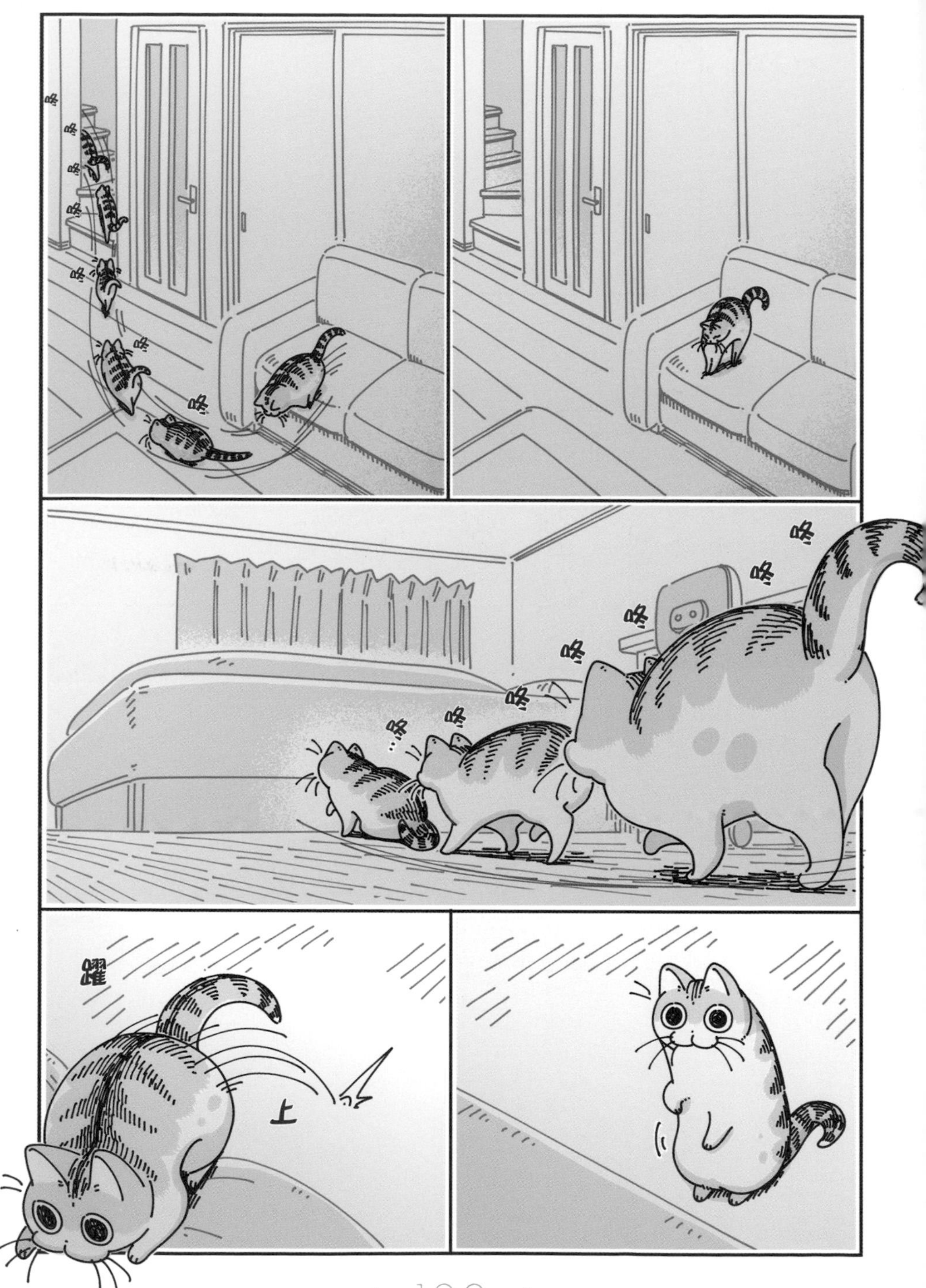

咚
咚
咚
咚
咚
咚
咚
咚
咚
咚
咚
咚
咚
咚
躍
上

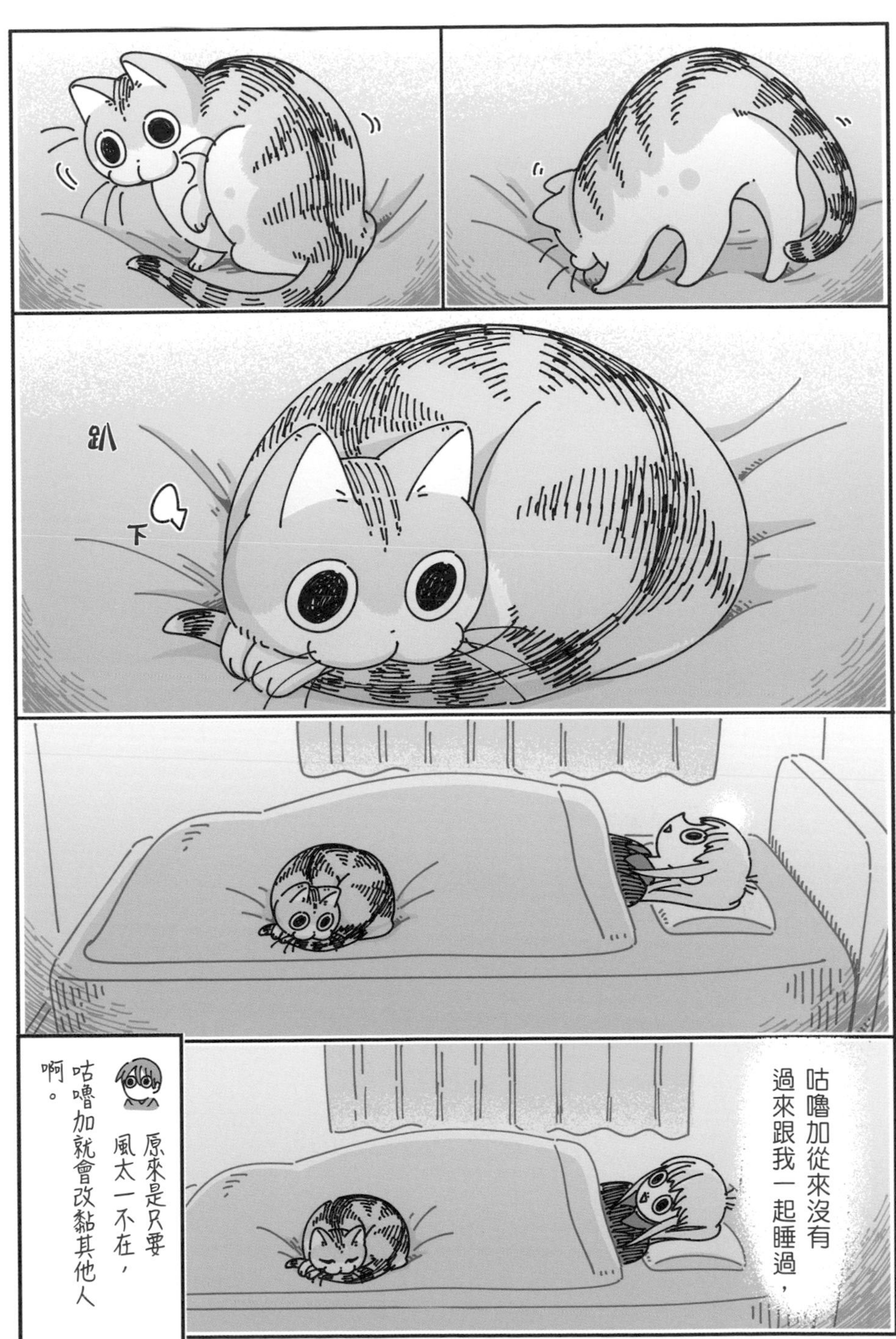

趴
下
咕嚕加從來沒有
過來跟我一起睡過，
原來是只要
風太一不在，
咕嚕加就會改黏其他人
啊。

就這樣，四天的時間轉眼就過了。
返家當天。
喀嚓…
我回來囉～
啪嗒
咕嚕加在哪裡？
會在2樓跟小P睡覺嗎？

啊
盯
在這裡啊~
過來吧，咕嚕加。
滑…
砰咚

靠近....
我回來了。
你哪位模式
感覺牠好像有點忘記我了。

還是等咕嚕加
自己主動接近我
比較好吧。
好像還在懷疑我是誰。
打量
打量
躍
上
馬上就過來了
是我啊咕嚕加，
快點想起來～
靠近～…

嗅
嗅
嗅
嗅
嗅
嗅
嗅
嗅
呼氣
呼氣
呼呼
呼呼
舔
磨蹭…
磨蹭…

哎呀！
你想起來了嗎？
磨蹭……
磨蹭……
呼氣
吸氣
呼氣
吸氣
吸氣
呼氣
撲
上
嗅
呼氣
呼氣
聞
聞聞聞聞
不知道牠到底是想起來了，還是依舊覺得我很奇怪。
這個詭異的狀態維持了好一段時間。
呼
呼
磨蹭
磨蹭
呼
呼
聞
聞

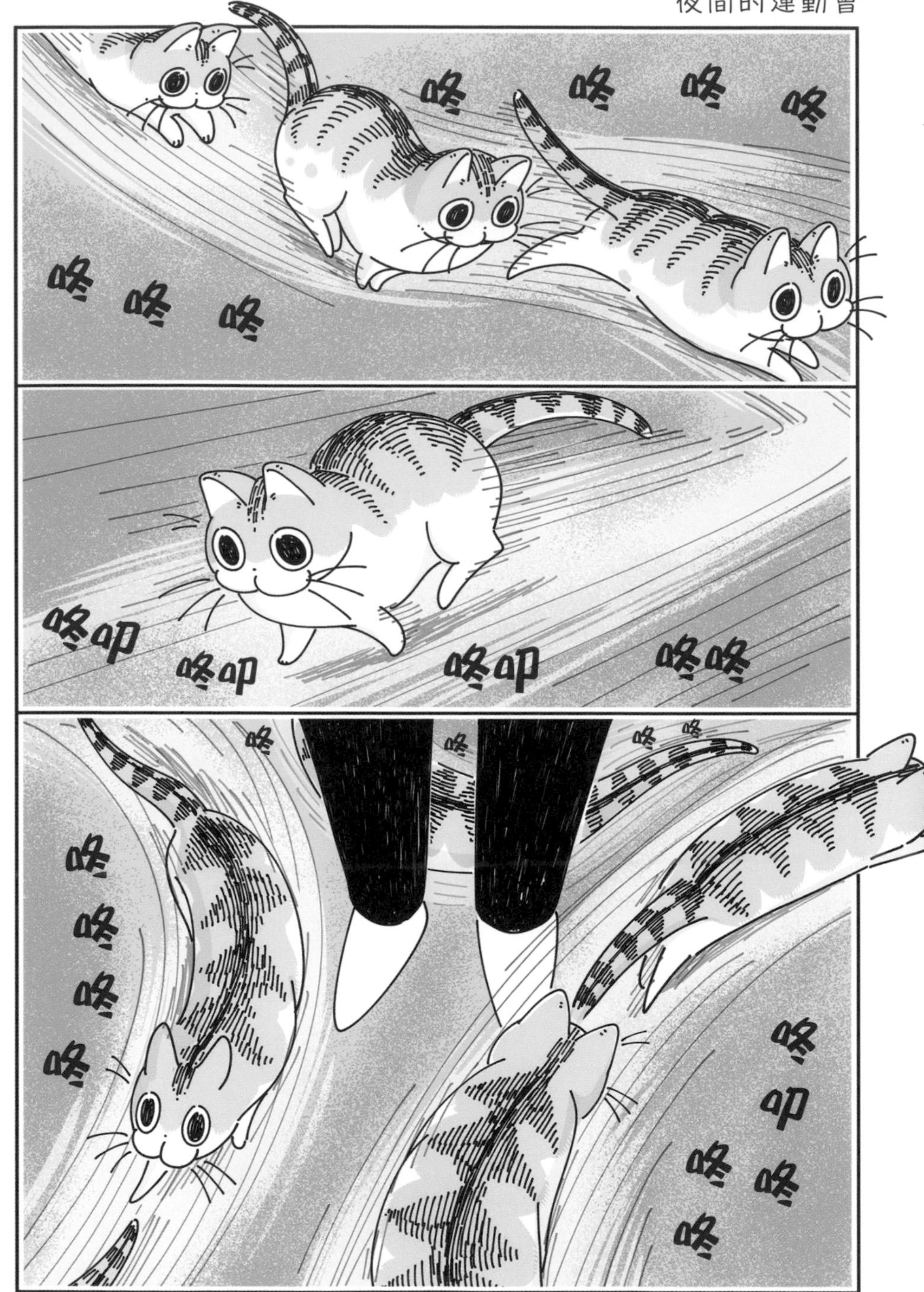
咚
咚
咚
咚
咚
咚
咚
咚叩
咚叩
咚叩
咚咚
咚
咚
咚咚
咚
咚
咚
咚
咚
叩
咚
咚
咚

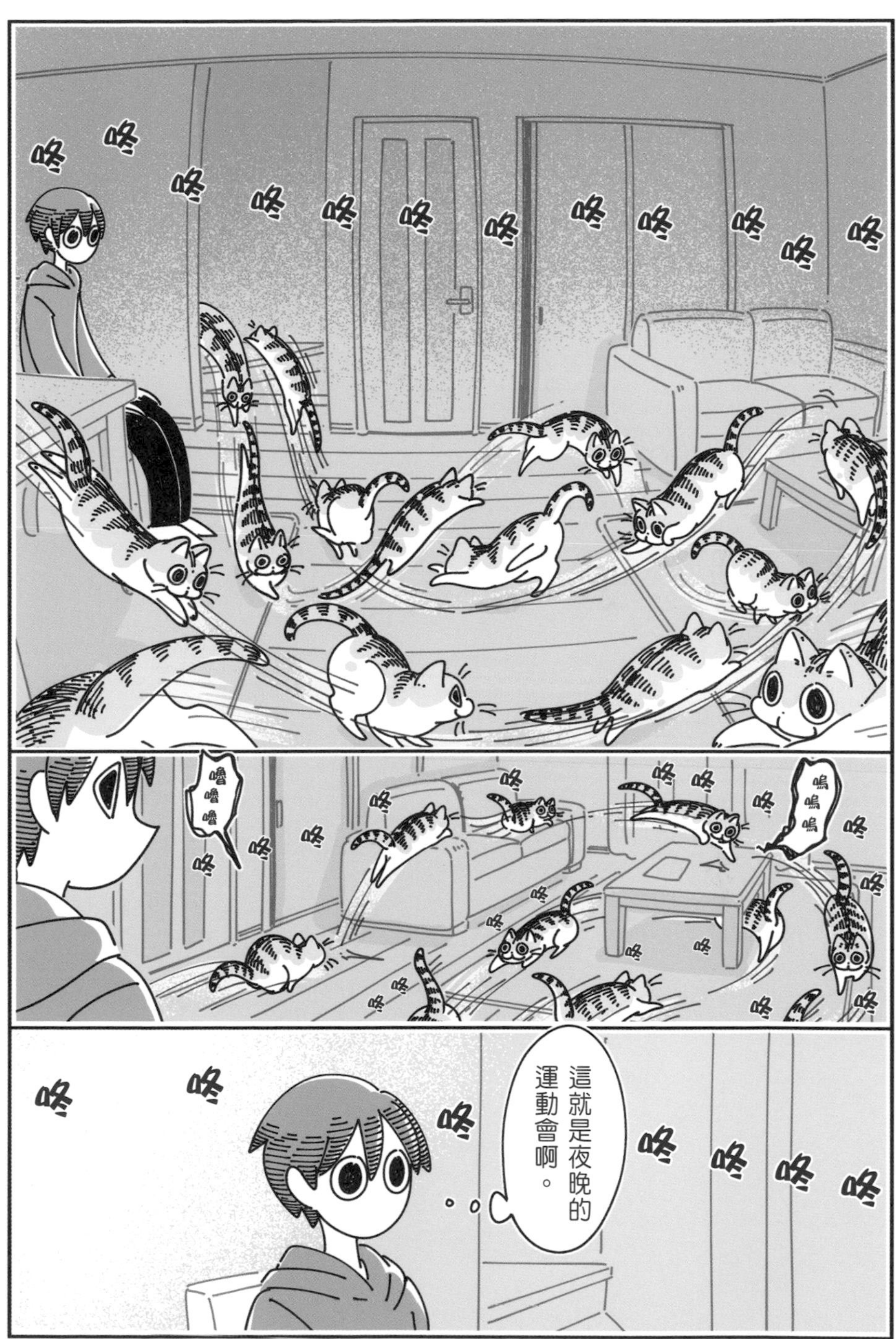
咚 咚 咚 咚 咚 咚 咚 咚 咚 咚 咚 咚 咚
嗚嗚嗚
嚕嚕嚕
咚 咚 咚 咚 咚 咚 咚
咚 咚 咚
這就是夜晚的運動會啊。
咚 咚 咚 咚 咚 咚 咚

之前都是只有聽到聲音而已。
咚叩咚叩咚叩咚叩咚叩咚叩咚
咚咚咚咚咚咚咚咚
我一去看牠就會停下來。
急煞
這或許是第一次真正看到呢。
咻
一躍

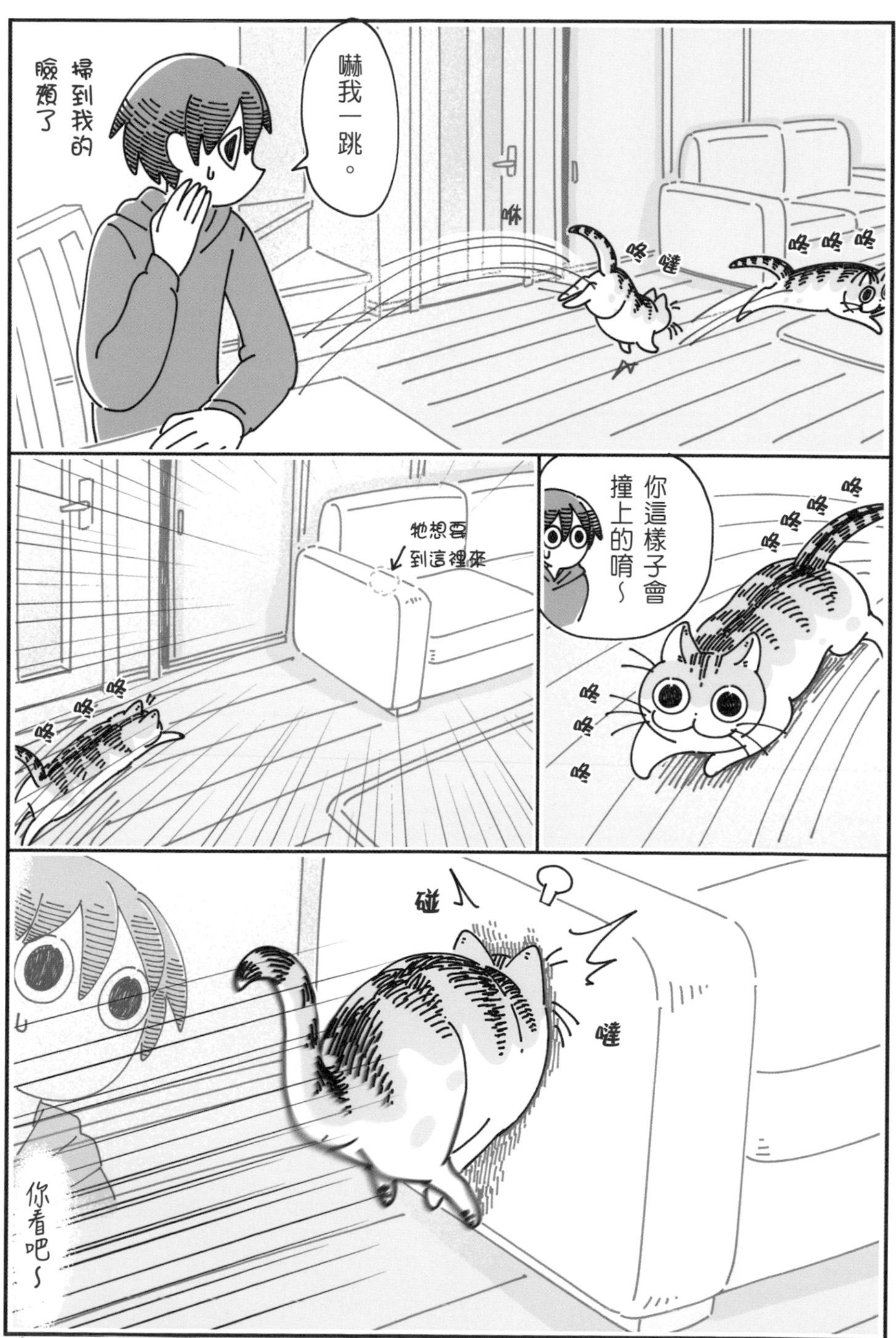
嚇我一跳。
掃到我的臉頰了
咻
咚噠
咚咚咚
你這樣子會撞上的唷～
咚咚咚咚
咚咚咚
牠想要到這裡來
咚咚咚
碰
噠
你看吧～

好擔心牠會不會受傷喔
嚕嗚嗚嗚
喵啊啊啊
咚
咚
咚
咚
咚
咚
咚
想要進去拉門後面
咚
咚
咚
咚
咚
甩尾
咚
咚
咚
咚
咚
滑
滑
轉向
轉向
轉向
轉向
轉向

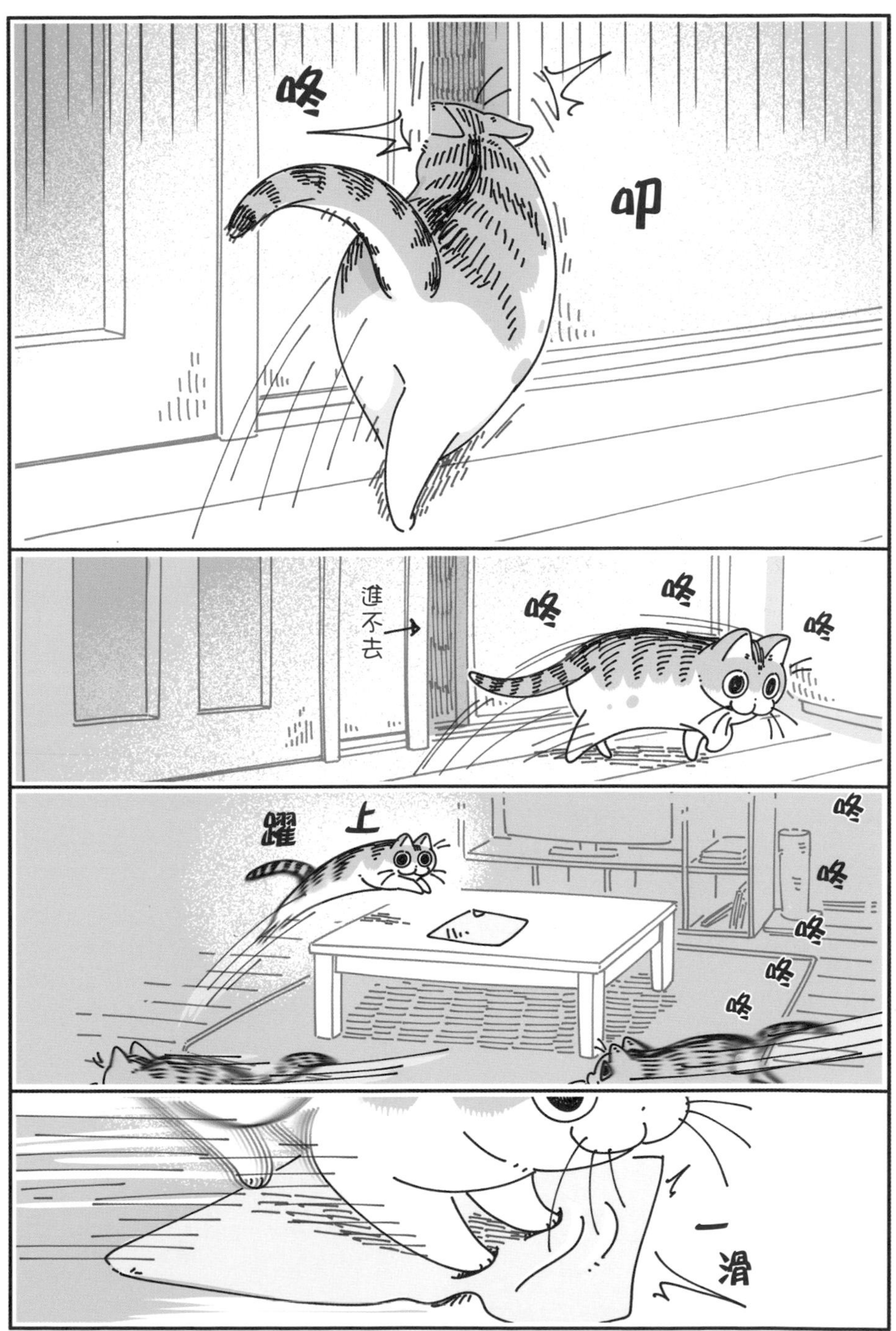
咚
叩
咚
咚
咚
進不去
躍上
咚
咚
咚
咚
咚
一滑

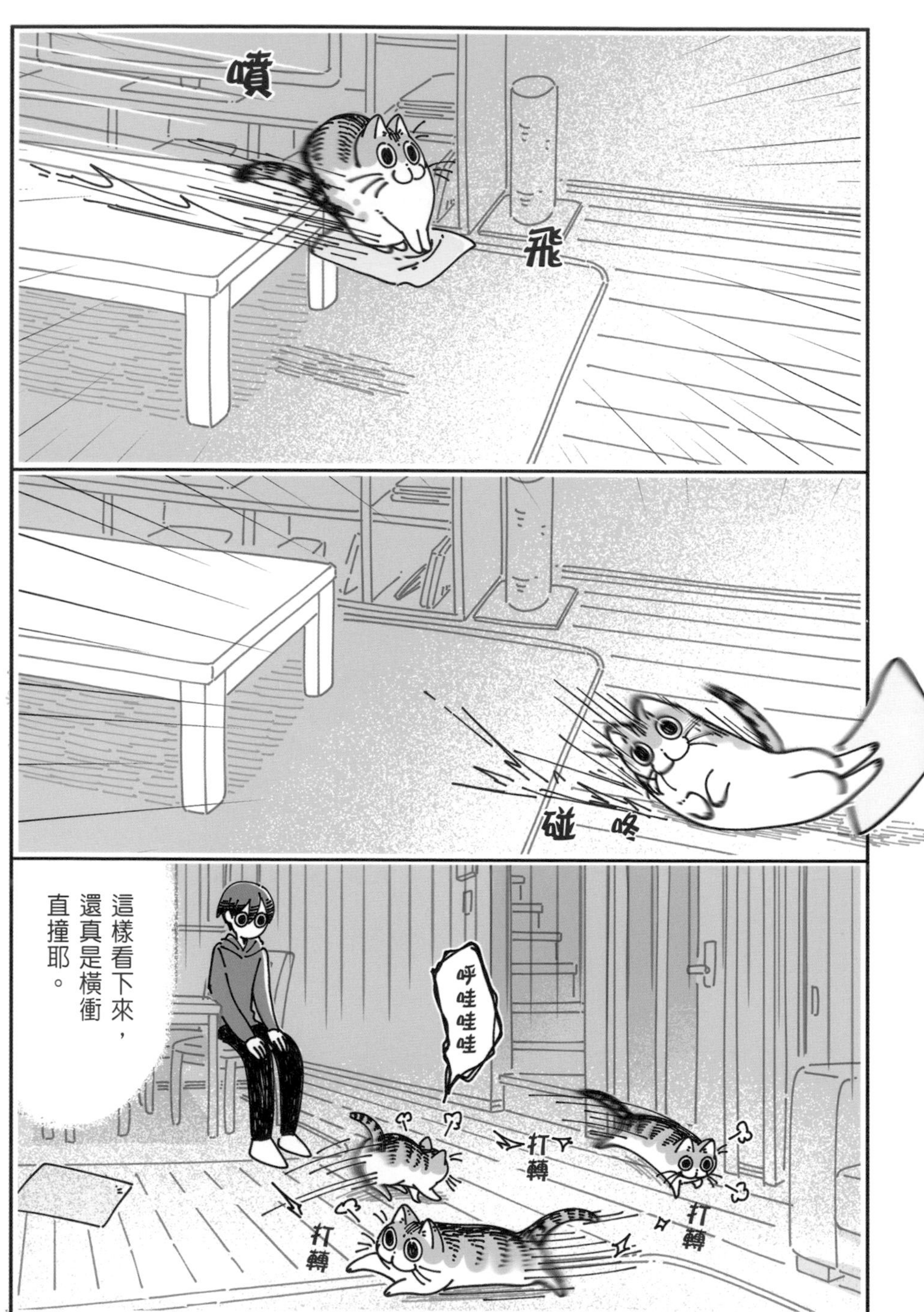
噴
飛
碰咚
這樣看下來，還真是橫衝直撞耶。
呼哇哇哇
打轉
打轉
打轉

咚
咚
咚
咚
咚
咚
咚
咚
咚
咚
咚
咚
咚
咚
心滿意足
呼嗚

運動會結束了嗎？
欸咻
靈光一閃
運動會隨時都會重新展開，暫時先不要接近牠。
哇哇哇哇哇哇哇哇哇
咚
咚
咚
咚
咚
咚
咚
咚
咚
咚
咚
咚
咚

跟咕嚕加一起休息

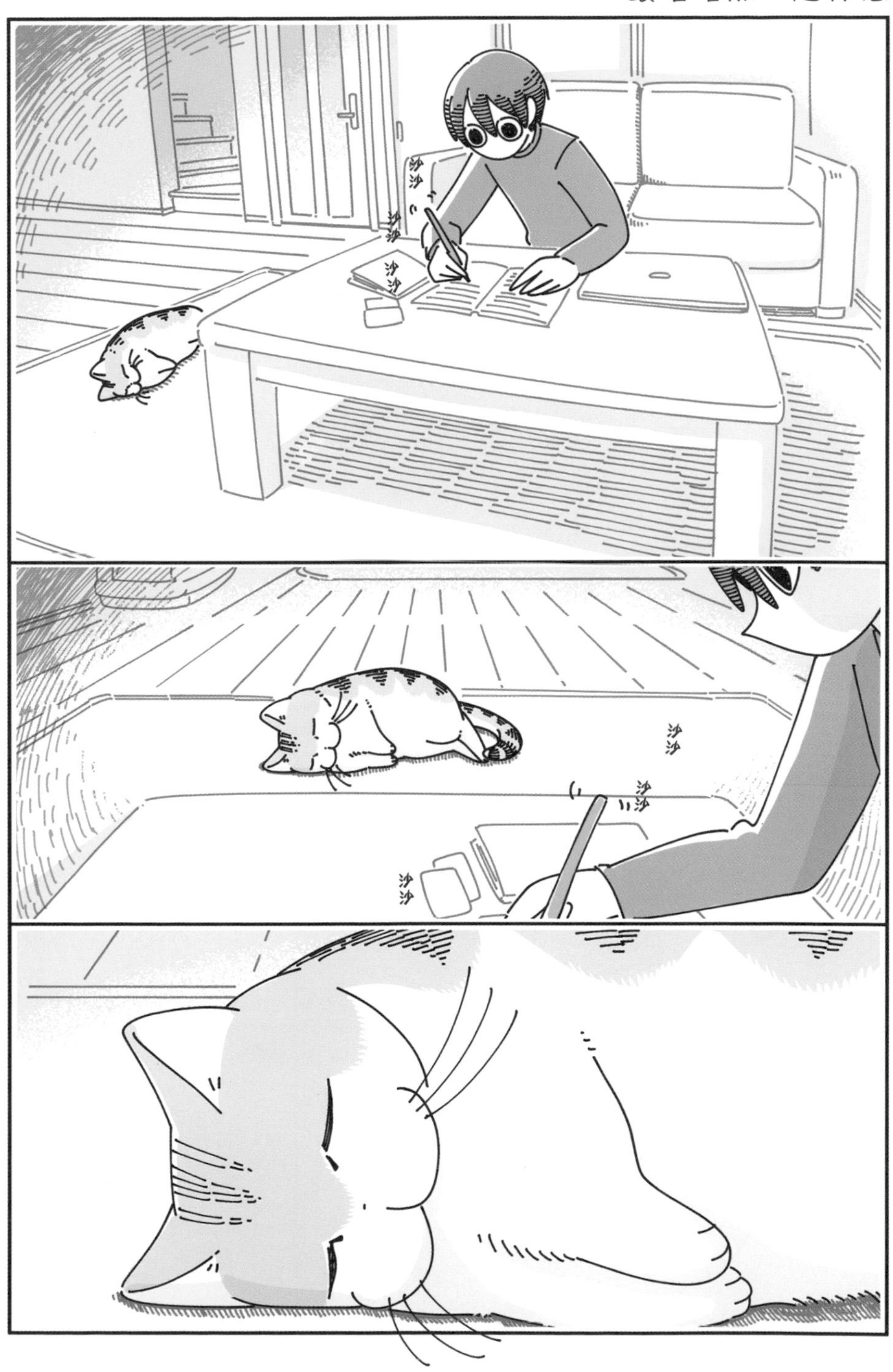

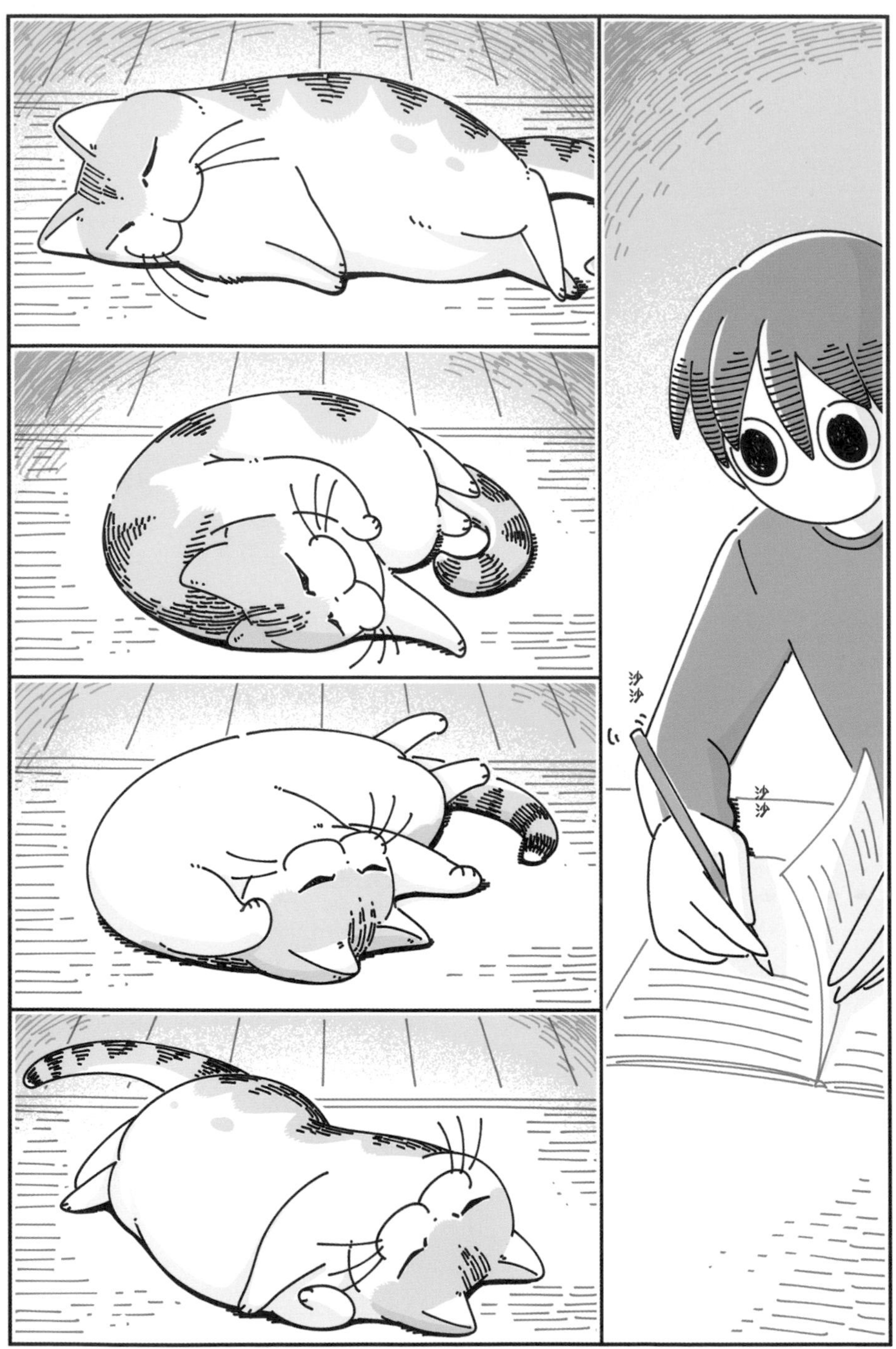
沙沙
沙沙

好好喔⋯⋯
我也好想睡覺⋯⋯
要工作
還不能睡
好幸福的
睡臉。
看著
看著我
也想睡了。

躺下
嗚嗚嗚嗚
我只是休息一下子。
千萬要小心不能就這樣一起睡著了。
牠來摸摸我

嗚嗚嗚
呼……
嚕嚕嚕……
呼嚕嚕嚕嚕……
嚕嚕嚕嚕嚕嚕……
嚕嚕嚕嚕……

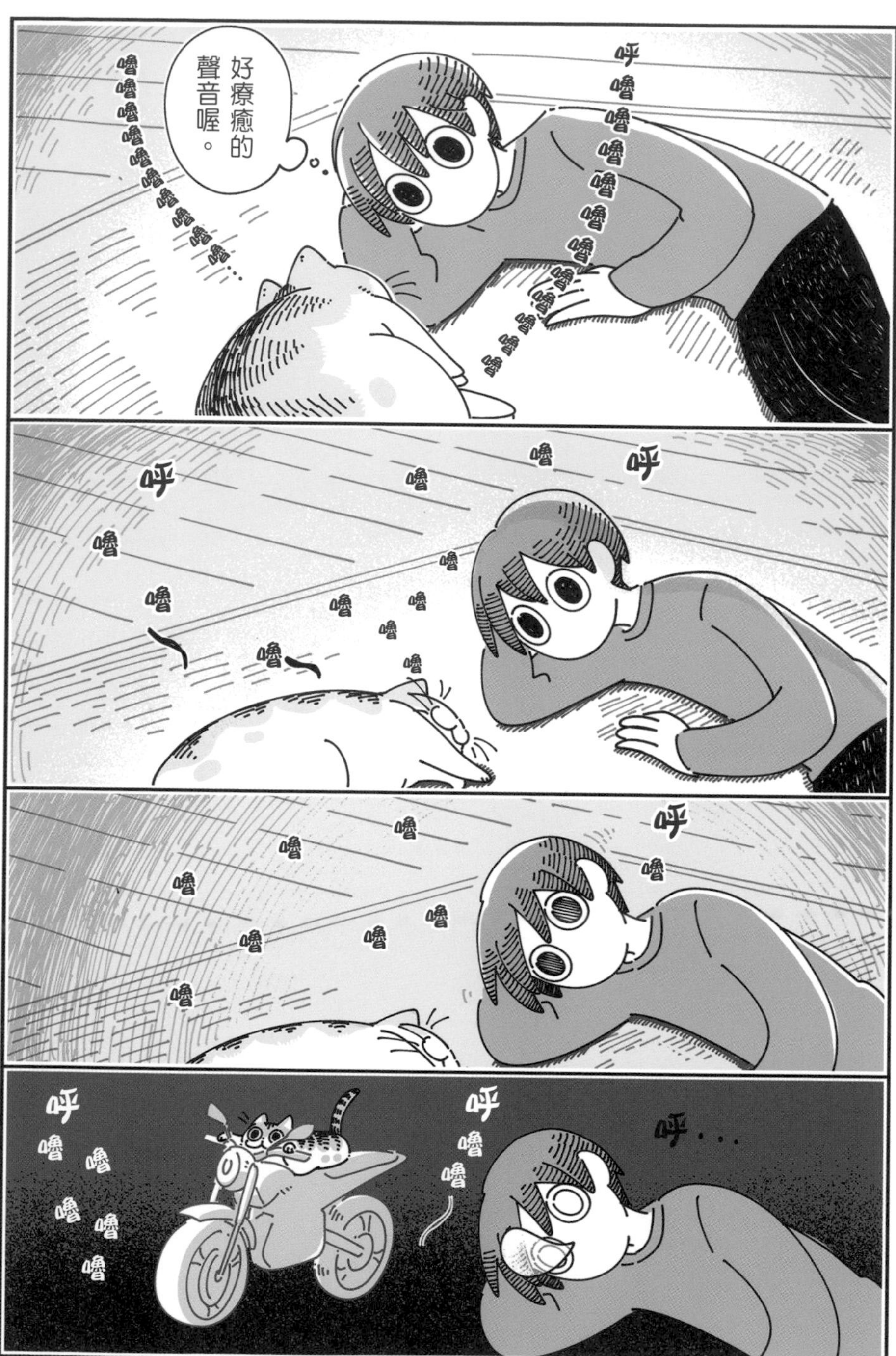
呼嚕嚕嚕嚕嚕嚕嚕嚕嚕嚕嚕
好療癒的聲音喔。
嚕嚕嚕嚕嚕嚕嚕嚕嚕嚕……
呼
嚕
呼
嚕
嚕~
嚕~
呼
嚕
呼
嚕
嚕
呼…
呼
嚕
嚕
嚕
嚕
嚕
呼
嚕
嚕

啊
瞬間恍神了。
太危險了
太危險了
呼嚕嚕嚕嚕
牠喉嚨發出的聲音聽起來很舒服讓人好想睡喔。
摸…
來摸摸牠，讓手動一動好了。

蓬鬆
好舒服的觸感
軟…
柔
好療癒的聲音
呼嚕嚕嚕
嚕嚕嚕嚕
好舒服的震動
呼嚕嚕嚕嚕嚕

讓我瞇了5分鐘……
呼～…
撐不下去了。
在貓的旁邊一起休息，
很難就只休息一下下而已。
呼～…

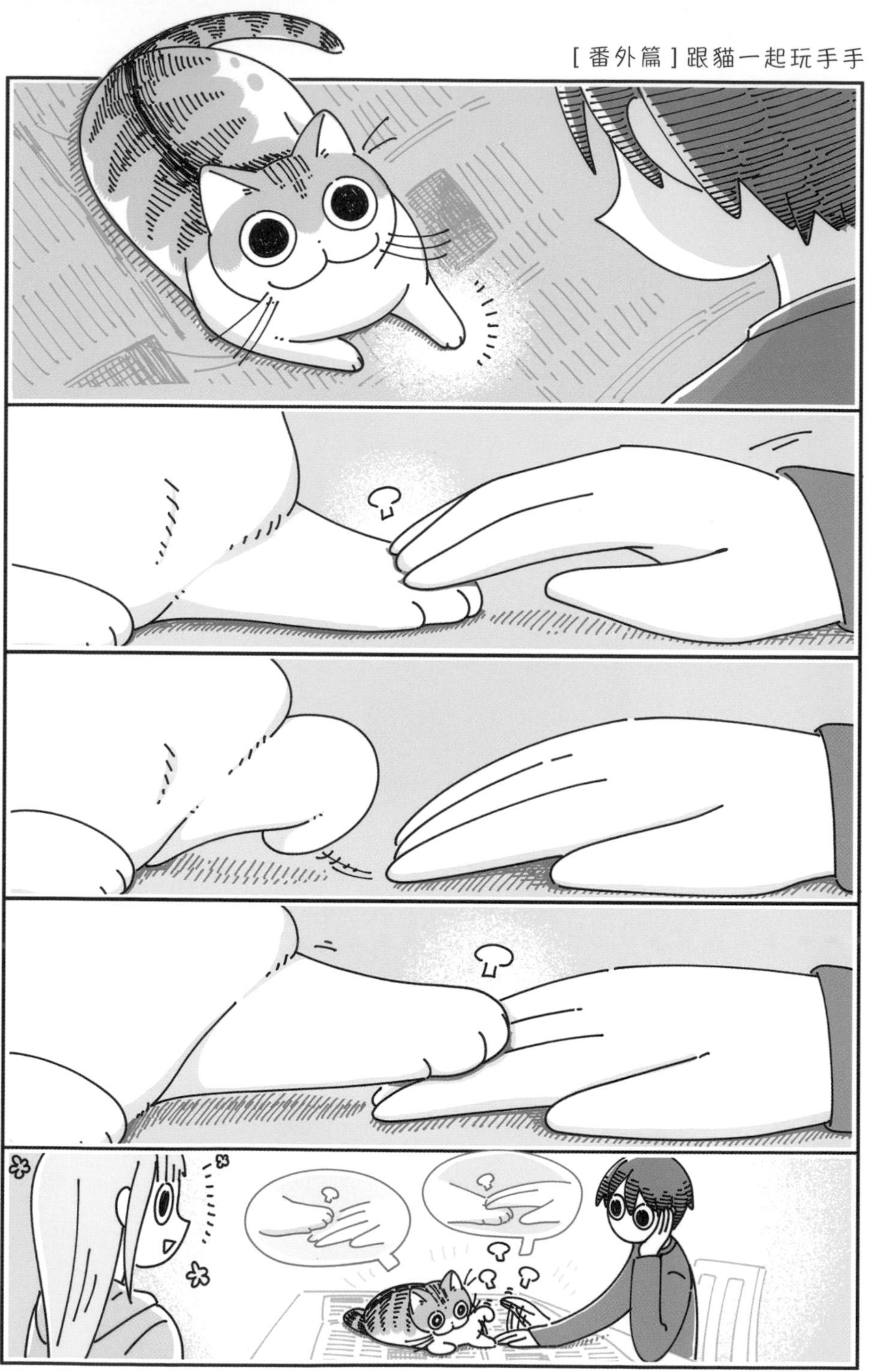

感謝大家閱讀到最後！

作者：咕嚕Z
譯者：林慧雯
責任編輯：蔡亞霖
設計：DIDI
發行人：王榮文
出版發行：遠流出版事業股份有限公司
地址：台北市中山北路一段11號13樓
劃撥帳號：0189456-1
電話：(02) 2571-0297
傳真：(02) 2571-0197
著作權顧問：蕭雄淋律師
2022年3月1日 出版一刷
定價：新台幣320元
缺頁或破損的書，請寄回更換

ISBN：978-957-32-9413-9
http://www.ylib.com E-mail: ylib@ylib.com

YORU HA NEKO TO ISSHO 2